내 인생의 빨강

미래수필문학회 · 15

내 인생의 빨강

문장옥 엮음

정은출판

추운 겨울을 이겨낸 산야의 꽃망울이 대견하듯이, 발간된 동인지를 펼쳐 보는 마음 또한 감회가 남다릅니다.

나의 글쓰기는 한글을 익히면서였습니다. 세상을 보는 눈은 미약했지만 날마다 보고들은 이야기로 일기장을 빼곡하게 채우며 내일의 꿈을 꾸었던 기억이 스멀스멀 피어오릅니다. 그렇지만 그 시절, 문학의 길을 가리라는 생각은 조금도 하지 못했습니다. 문과보다는 이과에 심취해 있었으니까요. 그런데 대학에 들어가고, 직업인이 되면서 글쓰기 능력은 발휘되었고 퇴직 후에는 마침내 수필가의 길을 걷게 되었습니다.

수필은 인생을 아우르며 표현하는 문학입니다. 자기성찰을 통하여 작가가 자신의 체험과 사상을 진솔하게 표현하여 독자와의 공감대를 이끄는 문학이라 생각합니다. 좋은 수필이란 작가의 체험을 묵은지처럼 발효해서 문학으로 승화한 글이며, 인간적 번뇌와 고뇌가 글의 행간마다 잘 녹아 있어 읽는 이에게 커다란 울림을 주는 것이지요.

살아가면서 조그마한 돌부리에 걸려 넘어져도, 작디작은 장미 가시에 찔려서도 인생의 방향이 바뀔 때가 있습니다. 그런데 우리는 수필 쓰기를 취미와 특기로 하여 십오여 년이 넘는 세월을 동고동락하며 동인 문학지를 발간해왔습니다. 해를 거듭할수록 삶의 연륜에서 풍기는 인품의 향기와 이야기를 엮는 능력, 재미있고도 쉬운 이야기, 군더더기 없는 문장을 보면서 만족스런 미소를 짓곤 합니다.

　　우리가 선택한 이 길이 죽음에 이르는 고통을 줄지라도, 미래수필문학회 동인지를 즐겨 찾는 독자들에게 신선한 생명수 같은 글로 보답해야겠다는 바람과 다짐을 또 다시 하게 됩니다.

2018. 3
미래수필문학회 회장　문 장 옥

차례

차례

초대수필

가벼움이 주는 선물

권남희

가벼움이 주는 선물

권남희
stepany1218@hanmail.net

　이해인 수녀의 시집《필 때도 질 때도 동백꽃처럼》을 보았습니다. 수도자로 서원을 한 지 50년이 넘었으니 깊어질 대로 깊어진 그의 내면세계가 무엇일까 기대를 하며 읽었습니다. 페이지를 넘길 때마다 수도원 종소리처럼 멀고도 깊게 내면세계에 와 닿기를 기다렸는데 살짝 실망했습니다. 이웃집 언니와 커피 한잔 놓고 부담 없는 수다를 떠는 느낌에 그만 책을 덮었습니다. 단지 수도자라는 이유로 그에게 지나친 깊이를 강요한 것일까요.

　그래도 그게 아닐텐데…… 마치 변심한 애인 진심을 캐내는 사람처럼 며칠 후 다시 시집을 펼쳐 뒤져보았습니다. 중간쯤 〈가벼운 게 좋아서〉 시가 눈에 들어왔습니다.

　삶은 갈수록 무거운데/ 나는 갈수록 가벼운 것만 좋아하니/ 어쩌나?/ 옷도 가벼운 게 좋고/ 책도 가벼운 게 좋고…… 생략……

　시인의 깊은 뜻이 숨은 그림 찾기처럼 이렇게 되작거려야 나타나다니. '그래 맞아' 무릎을 치며 나도 모르게 시를 향해 맞장구를 쳤습니다. 나이 먹어가면서 욕망의 짐을 벗고 싶어 하는 심정은 '어서 죽어야

할 텐데' 말하며 죽기를 두려워하는 심정이랄까요.

욕망, 그놈도 철이 있는지 꼭 계절마다 잊지 않고 심술 꽃을 피워 사람 고단하게 만들고 불안에 허덕이는 현대인의 삶을 시인은 콕 집어냈습니다. 욕심도 버리고 기대도 가볍게 약간의 '멍청함'으로 살아가도 나쁘지는 않겠지요.

어느 해 겨울부터 털외투와 모직코트가 무거워지기 시작 했습니다. 내 나이대도 보기 드문 출근시간 지하철에서 30~40대와 기 싸움을 벌이느라 10센티미터쯤 굽이 올라가는 하이힐에 털 코트와 가죽 가방을 들고 환승을 반복하다보면 어깨와 무릎이 삐걱거렸습니다. 나이에 맞지 않는 중무장이었으니 퇴근하여 집에 돌아가면 당연히 탈진하여 눕고 말았습니다.

몇 년 전에는 갑자기 무릎이 꺾여 하이힐을 신은 채 계단에서 구르고 말았지요. 무릎인대가 늘어져 양방치료와 한방치료를 받느라 일 년 동안 일삼아 다녀야 했습니다.

치료실에는 나처럼 계단에서 구르고 넘어지거나 그런 사태를 당하지 않아도 오래 사용한 관절들에 통증이 찾아와 치료를 받는 동년배들이 가득 널브러져 있었습니다. 넘어진 일이 뭐 부끄럽다고 심각하게 절룩거리고 들어갔던 나는 그 진풍경에 웃음이 나왔습니다. 그들은 여러 형태의 내 모습이었습니다. 허리, 어깨, 손목, 발목, 무릎 등등 침 맞고 뜸 뜨고 젊은 의사에게 볼기를 까놓고 엎어져 하소연을 하고 있었습니다. 그 소리가 그 소리, 하루 종일 들어야하는 지저귐이겠지만 의사는 응대도 잘해주며 새처럼 침대를 옮겨 다닙니다.

그곳에서 나는 정신을 차렸습니다. 나도 저들처럼 침대에 옆구리 살 잘 펼쳐놓고 편안하게 지저귀는 사람으로 변신해야 할 텐데 무엇이든 가벼워져야 했습니다. 구두 굽을 낮추고 운동화를 사고 무거운 옷들도 가볍고 가볍게…….

점점 가벼워지니 나비라도 된 듯 심신이 하늘거리기 시작했지만 더 가벼워져야 했습니다. 배우자와 자식에 대한 기대도 버렸습니다. 그들의 영광을 내 어깨에 견장처럼 얹을 일도 아닌데 '뭐가 되라. 공부를 더 해라'등 욕심을 부리며 심각하고 무겁게 부담을 주었습니다.

인생은, 언제나 살아갈수록 더 좋아질 거라는 기대감으로 살아갈 맛을 느낀다지만 그렇지 못할 때가 더 많았습니다. 긍정의 힘과 '無心'으로 무게를 줄여야겠습니다.

인생을 얼마나 보란 듯 살아갈 것인가 끊임없는 욕망으로 피로감이 누적된 현대인들에게 아무 일도 일어나지 않아 보이는 일상처럼 큰 행복은 없다고 합니다.

지난 가을 고인이 된 마광수 소설가는 제2의 마광수가 안 나온다고 한탄하며 '솔직하고 쉽게 쓰는 문학'을 강조하는 메모를 남겼습니다.

가볍고 쉽게 쓰는 글이 더 어렵지요. 무게를 덜어내야 하는 이유로 마음을 열고 옷을 벗어야 하니까요. 이제 털 코트를 버리고 굽 높은 하이힐을 더 가볍고 더 낮게, 그리고 H사의 버킨Birkin 백 짝퉁으로 허세 부리는 일도 그만두어야겠습니다.

누군가에게 새처럼 날아가 지저귀는, 그런 깃털의 글쓰기는 언제쯤 될는지요.

제1장
내 인생의 빨강

문장옥
전수림
유영희
이현숙
이남수
이강순

내 인생의 빨강

효재 문장옥
moon-5218@hanmail.net

나에게 빨강은 삶의 용기와 활력을 주는 색채이며 자유를 구가하는 색채이다.

영국국립미술관 데이트 명작전인 누드그림을 관람하면서도 그런 느낌을 물씬 받았던 기억이 난다. 누드그림을 만나며 마치 관음증 환자처럼 작품을 대하게 되지 않을까 하는 우려가 앞섰다.

그러나 연륜이 있는 큐레이터의 설명을 들으며 작품 하나하나를 귀한 예술품으로 대하다 보니 화가의 고뇌를 깊이 들여다보게 되고 예상 외의 미적 감각이 솟구쳐 편한 마음으로 누드의 아름다움을 감상할 수 있었다. 그중에서 지금까지도 잊히지 않는 누드화는 '알프레드 스티븐슨'의 작품 '아카루스를 애도'였다. 아카루스는 그리스 신화에 나오는 인물이다. 그는 자신의 아버지가 밀랍으로 만들어준 날개를 달고 크레타 섬을 탈출하다가 뜨거운 태양열 때문에 날개가 녹아 추락사한 인물이다.

'알프레드 스티븐슨'은 신화적 인물인 아카루스가 건장한 청년의 육체를 가졌다고 상상했던 가보다. 비록 추락사하는 순간의 장면이지만 붉은 계열로 채색된 아카루스의 근육질 누드는 생동감과 역동감이 절로 느껴졌다. 나는 그림을 바라보는 내내 그토록 피끓는 나이의 '아카루스'가 죽었다는 사실이 믿기지 않았고 그처럼 패기만만한 젊은 영혼이 사라져야 한다는 사실이 안타까웠다. 자유를 갈망하다가 하늘에서 떨어져서 아카루스가 추락사한 장면은 데이트 명작전을 준비하는 이들이 내걸었던 걸작 중 하나였을 뿐만 아니라, 얄팍한 예술적 영감을 가진 나의 뇌리에도 깊이 남는 작품이었다.

그림 그리기를 좋아했던 나는 어린 시절에 빨강색을 무척 좋아했다. 그런데 어머니가 추석빔으로 스웨터와 치마, 스타킹을 모두 빨강색으로 사주신 일로 친구들에게 '빨갱이'란 놀림을 받았다. 요즘도 '빨갱이'란 놀림을 듣기 좋아할 사람이 없겠지만 한국전쟁이 끝난 지 얼마 안 되었던 그 시절엔 그것이 제일 무서운 말이었다. 그런 일로 생긴 트라우마로 한동안 빨강에 대한 기피증이 생겼다.

빨강색을 멀리하면서 그와 대비되는 쪽에 눈을 돌리다 보니, 중고등학교 시절에 좋아하는 색은 어려서 좋아하던 빨강이 아닌 파랑색 계열이었다. 푸른빛에 꽂히게 된 나는 연두색, 하늘색, 청색, 녹색, 비취색이란 단어까지 좋아했었다. 그 무렵, 하늘과 바다 빛이 왜 그리 좋았던지. 아마도 조선 시대의 선비의 지조와 절개를 상징하는 색으로 그들의 정신을 이어받은 것처럼 생각했던 것 같다.

빠져나갈 길 없이 한 쪽으로만 치닫던 나의 색계色界가 변한 것은 결혼을 하고 난 뒤였다. 어느 봄날, 동네 어귀를 에워싼 빨간 '울타리 장미꽃'의 아리따운 모습은 내 마음을 송두리째 빼앗아 버렸다. 진초록 잎사귀를 제치고 요정이 웃는 모습으로 활짝 핀 넝쿨 장미꽃의 붉은 빛은 색에 대한 편집증을 깡그리 무너트렸다. 감성보다는 이성적으로 생각하고, 현실의 밝음보다는 어두움에 사로잡혀 우울하던 내게 따사롭게 다가온 붉은 장미빛은 남편과 아이들을 보듬을 수 있는 모성으로 나를 새롭게 가꾸는 감성을 찾게 한 빛이었다.

일본의 무라카미 하루키가 카페를 운영하다가, 어느 날 야구장에서 야쿠르트 스왈로스의 1번 타자 데이브 힐턴이 2루타를 날리는 순간 불현 듯 소설을 쓰게 되었다고 고백한 글이 문득 떠오른다. 무라카미 하루키처럼 나 또한 너무나 우연한 계기로 빨강색에 대한 두려움으로부터 벗어나게 된 것이다.

영국 케임브리지 대학 예술사 교수인 스파이크 버클로 박사는 '빨강의 문화사'에서, 빨강색은 인간의 삶에서 떼어 놓을 수 없는 밀접한 관계를 지녔다고 말한다. 버클로 박사는 강한 생명력을 의미하는 빨강의 상징성은 정열과 열정이며 사랑하는 이에게 주는 꽃으로 빨간 장미를 꼽을 수 있고, 영화제에서 흔히 쓰는 '레드카펫'은 화려한 환영식 장면을 연출한다고 말하고 있다.

또한, 빨강은 위험과 죽음, 공포를 불러일으키는 경고 표시로 사용되기도 하지만 무엇보다도 여성의 장신구나 화장품에서 빼 놓을 수 없는 색조라는 것이다. 많은 사람들이 여성의 옷과 장신구를 만들기 위해 악어와 호랑이 가죽을 벗기는 험한 일을 자처하고 여성이 입는 옷을 만들기 위해 붉은 염료를 곤충, 식물, 광물에서 다각적 연구로 추출을 할 뿐만 아니라 여성의 붉은색 입술을 위해 수많은 곤충을 죽여 고가高價의 루즈를 만든다고 한다.

내가 가진 모든 물품은 비교적 다양한 빛으로 나를 둘러싸고 있다. 그러나 청색만을 고집했더라면 지금 사용하는 붉은 빛의 지갑이나 외투, 구두, 모자… 등을 어찌 곱게 품을 수 있었으랴.

지금 내 인생에서 빨강은 이성보다는 감성을 존중하는 색이다. 통제로부터 자유를 구가하는 색이며, 인간적인 정을 나누고자 하는 색이다. 가정과 사회로부터 원초적인 나로 돌아가려던 시점에서 다시 만난 색은 빨강이 아니었을까.

삶의 선택과 거리 조절

잘못된 선택으로 적성에 맞지 않은 직업이나 결혼을 하여 고통 받는 일이 비일비재하다는 것은 우리 모두가 공감하는 사실이다.

인생은 복잡다단複雜多端한 여로旅路이기에 타고난 저마다의 타고난 운명運命과 화복禍福을 쉽사리 가늠할 수는 없겠지만, 성장하면서 선택과 거리조절 능력을 차근차근 익힌 다면 어리석은 선택으로 오는 불행과 후회를 조금이라도 막을 수 있지 않을까라는 생각이 들곤 한다.

잘못된 선택과 인간관계의 거리조절 미숙으로 인생이 비극적으로 치달았던 이야기로는 섹스피어의 사대 비극 '햄릿, 오셀로, 리어왕, 맥베드'만한 문학작품도 없을 듯하다. 세 딸 중 간교한 두 딸에게 모든 권력과 영토를 이양했다가 떠돌이로 생을 마감할 뻔한 리어왕이 죽음을 앞두고 자신의 어리석은 선택을 후회하는 모습은 말할 수 없이 참담하다.

또한, 자신의 아버지를 죽인 후 왕위를 빼앗고 어머니를 아내로 취한 삼촌에 대한 복수심은 갖고 있으나, 우유부단한 성품을 지닌 햄릿은 복수를 일찍 실행하지 못하여 삼촌이 만든 덫인 펜싱경기에서 독이 묻은 칼을 맞고 죽기 직전에 아버지의 복수를 끝낸다. 결국 그는 삼촌의 잘못된 선택으로 가문이 망가지는 모습을 안타까운 마음으로 목격했다.

오셀로는 어떤가? 오셀로는 천하무적의 유능한 장군이었으나 간교한 부하, 이야고의 이간질에 속아 사랑하는 아내 데스데모나와 충직한 부하 캐시오의 관계를 의심하여 무자비하게 데스데모나를 살해함으로 비극적으로 자신의 인생에 막을 내린다.

멕베드 역시 마녀들의 예언을 자신의 미래로 받아들이는 우愚를 범해 일어나는 비극이다. 스코트랜드의 유능한 장군으로 던컨왕의 신임을 받고 영주 자리까지 올라갔음에도 멕베드 부부는 던컨 왕을 무참히 살해하여 왕좌를 얻는다. 그러나 옳지 않은 방법으로 왕위를 차지한 죄책감으로 괴로워하다가 던컨왕의 형인 말콤 왕자와 싸움에 패하여 비참한 죽음으로 인생을 마감하게 된다.

나는 이들 희곡의 주인공처럼 비극적인 삶을 살지는 않았지만 인생의 후반기를 걸으면서 지난 일을 하나씩 돌이켜 보곤 한다. '잘 살아왔다.'고 자위自慰하면서도 어쩌다 후회스런 일이 생각나면 자괴감에 빠지곤 한다. 젊은 시절에 부린 치기어린 선택이 이제 와 생각해보니 리어왕이나 햄릿 같이 어리석은 모습 같아서 헛웃음이 나온다.

젊은 시절 난, 지금보다 더 나은 삶을 꿈꾸며 살아 왔다. 하지만 내가 선택한 삶의 방식이 무사안일이었기에 꿈보다 현실이 미약한 것이 당연하겠지만, 잘못된 선택으로 놓친 것들이 나이가 들수록 아쉽다.

요즘, 나는 남편과 함께 당구 게임 T.V 시청에 몰입할 때가 있다. 특히 3구 게임 시청에 집중하고 있다. 오래 전, 남편이 선생까지 알선하며 당구 배우기를 권했지만 그런 것은 시정잡배市井雜輩나 하는 것이라는 생각에 전혀 관심을 갖지 않았다. 그런데 최근 이삼 년, 당구 게임을 자주 시청하다보니 내가 그동안 품었던 선입견이 얼마나 잘못된 것인지를 알게 되었다.

당구 게임을 시청을 하면서 우리나라 당구의 고수인 '최성원, 조재호, 강동궁, 김행직, 홍진표' 뿐만 아니라 세계적인 당구의 거인 '쿠드롱, 산체스, 자네티, 브룸달, 야스퍼스, 뷰리' 같은 사람들까지 알게 되었다. 그리고 연예인 못지않게 그들에 대한 관심이 대단하다. 이제 당구 게임을 시청할 시엔, 그들의 인간적인 면까지도 이해하며 승리를 응원한다.

내가 당구 게임을 좋아하게 된 것은 당구인이 게임을 하면서 보여주는 정확한 공 선택과 거리조절 능력 때문이다. 수많은 연습의 결과라지만 양자 대결구도를 지켜보는 심판과 관중들의 몰입된 시선 속에서 진행되는 대회에서 냉철한 판단으로 수구를 선택하여 목적 구를 정확히 맞추는 선수들의 모습은 링 위에 서있는 격투기 선수 못지않은 고뇌와 결기가 엿보인다. 최선을 다해 수구를 선택하고 순간의 판단으로 거리를 조절하여 목적 구를 맞추는 그들의 능력은 놀랍다. 인생을 살면서 선택이나 조정력이 부족하여 후회하기도 하고 아쉬워하는 내면의 나를 통해서 당구 경기를 보고 있기에 그들이 펼치는 경기에 더 매료되는 것이다.

셰익스피어의 작품에 등장하는 인물들이 올바른 선택과 인간관계 조절을 잘하여 문제를 일으키지 않았더라면 오늘날 문학이 주는 깊은 카타르시스를 느끼지 못하였겠지만 그의 이야기를 접하며, 자신의 지나친 욕심이 선택한 과오에 몸서리치는 사람이 적지 않을 것이라는 생각이 든다.

우리세대는 성장하면서 자율 선택보다는 강요된 선택을 하며 살았다. 마트에서 물건 선택도 중요하지만 일상생활을 영위하면서 당구인이 때때로 만나는 공의 수구를 제대로 선택하듯이 자신의 뇌와 가슴이 진정으로 원하는 것을 선택 하는 연습도 어려서부터 있어야 할 듯싶다.

　인간의 삶은 수많은 관계로 얽혀있고 이어져 있다. 부모와 자녀, 형제와 친지, 선후배, 친구와 동료, 스승과 제자, 상사와 부하 등등. 너무 가까워도 너무 멀어도 안 되는 인간관계 조절은 누구에게나 힘든 문제다. 그래도 멋진 작품 사진을 탄생시키기 위해 거리조절을 하는 사진작가처럼, 목적 구를 정확히 맞추기 위해 심혈을 기울여 거리조절에 힘쓰는 당구인처럼 인생의 낙오자가 되지 않으려면 선택 못지않게 인간관계를 원만히 이루기 위한 거리조절 학습 또한 필요할 듯싶다.

　후회 없는 인생을 위하여….

애물단지

전수림
soolim724@hanmail.net

　기차역 광장에 바퀴 구르는 소리가 요란했다. 나의 여행 가방에서 나는 소리였다. 민망했다. 지나가는 사람들의 시선이 온통 내게로 꽂히는 것 같았다. 그동안은 잠깐씩만 끌고 다녀서 몰랐던 것이다. 더불어 가방이 자꾸 옆으로 쓰러져 더 난감했다. 더는 참을 수 없다 싶을 때는 잠시 서보기도 하고, 손잡이를 단단히 잡아 봐도 소용이 없었다. 이정도면 가방이 아니라 애물단지였다.

　여행을 앞두고 어깨가 부실해 걱정되었었다. 이번에는 끌기도 하고, 급하면 들 수도 있는 가방이 있으면 좋겠다는 생각을 하던 차에 인터넷에서 내가 원하던 가방이, 그것도 빨강색이 강렬하게 눈에 들어왔다. 말도 안 되는 가격에 혹해서 뭣에 홀리듯 구입했다. 그러나 막상 가방을 받고 보니 디자인이나 색깔은 고사하고 화학약품 냄새가 심했다. 어쨌든 마음에 들지 않았지만. 반품시키기도 귀찮고 해서 냄새나 없애고 써볼까 하고 통풍이 잘 되는 곳에 놓아두었다. 며칠이 지나고 냄새가 가시었다. 가격대비 그 정도면 괜찮다 싶어 써보기로 했다. 만약 정 안 되겠으면 현지에서 버리고 올 요량이었다.

며칠 뒤 우리는(수필가 안병옥, 박경옥) 중국 쓰촨성(四川)으로 살아보기 여행을 떠났다. 이미 일주일을 쓰촨에서 살았고, 인근 도시 충칭(重庆)에서 또 며칠을 살아보고 다시 돌아볼 예정이었다. 하여, 큰 가방은 숙소에 맡기고, 간단한 옷가지만 가지고 충칭으로 가는 길이었다.

　그런데 그 가방이 이렇게 속을 썩일 줄은 몰랐다. 가방을 끄는데 무슨 요령이 있지 않을까싶어 이렇게 저렇게 해봤지만 아무 소용이 없었다. 제발 시끄러운 소리를 아무도 듣지 못하기를 바랄뿐이었다. 그런다고 소리가 작아질 리 만무지만. 어찌나 속을 썩이던지 버리고 갈 수만 있다면 그러고 싶었다. 그러나 방법이 없었다. 매표소 앞에서 가방을 물끄러미 바라보니 자꾸 후회가 밀려왔다. '싸구려가 비지떡이네…' 어찌나 팔에 힘을 주었던지 어깨가 묵직하고 팔이 결려왔다.

　엎친 데 덮친 걸까. 기차표 예약이 잘못되어 나는 혼자 다른 칸에 탑승하게 되었다. 기차에 올라 자리를 찾으니 셋이 앉는 자리에 양쪽으로 젊은 남자가 떡하니 앉아있었다. 기차에 올라탈 때까지만 하더라도 창가 쪽이려니 했었는데, 뜻밖에 가운데 자리를 보고 난감했다. 나는 표를 다시 한 번 들여다봤다. 내가 한참 들여다보고 있으니 앞자리로 가던 사람이 내 표를 보고 가운데 자리라고 꼭 집어 알려준다. 남자들 틈에 끼어 앉아 두어 시간 가까이 가야한다는 사실이 불편했다.

　문제는 가방이었다. 혼자 들어올리기 버거워 머뭇거리자 통로 쪽에 앉았던 남자가 일어나더니 가방을 번쩍 들어 올려주었다. 어찌나 고맙던지 금방까지도 불편했던 마음이 순식간에 사라졌다. 남자는 대학생쯤으로 보였다.

　기차가 떠나자 나는 옆 사람들 눈치를 보면서 슬쩍슬쩍 카메라 셔터를 눌러댔다. 셔터소리가 신경 쓰이기는 했지만, 창밖풍경을 놓칠 수는 없었다. 옆자리에 남자가 한동안 흥미로운 눈빛으로 나를 바라봤다. 아마도 시속 300Km로 달리는 기차 안에서 무엇을 찍는지 궁금했으리라. 급기야 옆자리 남자가 나의 카메라를 가리키며 보고 싶다고 했다. 말은 통하지 않아도 손짓발짓으로 그 남자와 소통을 했다. 나는 다른 칸에 있는 두 명의 여자와 함께 여행 중이고, 내가 무엇을 보고 어디를 지나가는지를 기록해두고 싶어 사진을 찍는 것이라 했다. 그리고 쓰촨은 참 좋은 곳이라고 덧붙이며 찍은 사진을 보여주었다. 빠르게 지나가는 장면 중에 그래도 더러는 아름다운 풍경이 담겨져 있었다. 그는 깜짝 놀라며 엄지를 치켜 올렸다.

나는 어느새 그 학생과 기념사진까지 찍게 되었다. 충칭역에 도착하여 그는 가방을 플랫폼까지 내려다주었다. 그리고 차타는 곳까지 데려다주겠다고 친절을 베풀었지만, 나는 일행을 만나야 하니 아쉽지만 여기서 헤어져야겠다고 인사를 했다.

충칭역에서 택시를 잡느라 이리저리 돌아다녀야했다. 길을 모르니 가방을 끌고 드넓은 광장을 또 휘젓고 다녔다. 이제는 소리는 고사하고 가방이 고장날까봐 조바심이 났다. 그래도 조금은 익숙해져 나름 뻔뻔해지기도 했고, 아주 조금 요령을 터득하게 되었지만, 굴릴 만큼 굴렸으니 어쩌면 고장 날지도 모른다는 불안감에 휩싸였다. 제발 고장만 나지 말아달라고 애원하고 있었다. 어쩌면 사람들도 워낙 많고 사실 소리에 신경 쓰는 사람도 별로 없는데 나 혼자만 동동거렸는지도 모를 일이다.

어쨌거나 그 가방은 우여곡절을 겪긴 했지만 여행을 무사히 마치고 집으로 돌아왔다. 베란다에 내놓고 한참을 바라보니 함께 여행한 시간이 솔솔 떠올랐다. 정이 들었던 것일가. 섣불리 버리지도 못하고 한쪽으로 밀어놓고 치워야지, 고장 나지 않았으니 재활용통에 던져버려야지만 반복했다.

어느 날이었다. 지인이 왔다가 마침 가져갈 물건이 있어 그 가방에 넣어가지고 가게 되었다. 나는 잘 됐다싶어 버리려고 했던 것이니 가져오지 않아도 된다는 당부도 잊지 않았다.

그리고 한동안 그 가방은 잊고 있었는데, 지인과 만나 이야기 끝에 중국여행길에 그 가방을 가지고 갔었다며 사진을 보여주었다. 그 가방 바퀴 굴러가는 소리가 시끄럽지 않았느냐고 물었더니, 자기는 요긴하게 잘 썼노라고 아주 괜찮았다고 했다. 그 정도 소리는 상관없었고, 한쪽으로 기우는 것은 밑에 깔창이 있는데, 끌고 다닐 때는 세워지는 면에 그 깔창을 깔면 중심이 잘 잡히는 것이라 했다. 사용을 제대로 하지 못한 내가 잘못인 셈이다. 결국은 싸구려가 비지떡이 아니라 싸구려라는 편견이 가져다 준 결과였다.

사진첩에서 빨강색 가방을 들고 서있는 사진을 찾았다. 근심이 가득한 얼굴로 가방을 내려다보는 사진은 그때의 애잔한 상황을 말해주는 듯하다.

내게는 애물단지였지만 지인에게는 좋은 인연으로 만난 셈이다. 좋은 인연은 찾아다니는 게 아니라, 찾아오는 인연을 놓치지 않아야 하는 것이라 했다. 주인을 잘못만나 하마터면 쓰레기통으로 갈 뻔 했는데, 주인을 제대로 만난 것 같다. 어쨌거나 나와의 인연은 거기서 끝났지만 나의 지인과는 찰떡궁합으로 그 후로도 몇 번의 해외여행은 물론이고, 요즘도 가끔 끌고 다닌다고 했다.

사람과 사람의 만남도 그러할까.

누군가의 흔적 속에서

유영희
Paris2522@hanmail.net

지인의 장례식장에 갔다. 고인은 독립운동가의 후손으로 검소하고 사람답게 사는 모습이 어떤 것인지를 잘 보여줬던 분이다. 나라가 있어야 내가 존재한다며 과하다 싶을 정도로 나라사랑을 외치던 분이다. 많은 사람들이 고인의 업적을 얘기하며 하나같이 그를 칭찬했다. 그래서인지 장례식장에 슬픔은 없었다. 상주도, 영정 사진 속 망자의 얼굴도 슬픔은 찾아볼 수 없이 평화로웠다. 생전의 유언이 이 나라를 위해 독립 운동으로 몸 바친 분들을 잊지 말라는 거였다. 혼란과 가난 속에 나라를 구한 먼 조상들의 자손들까지 두루두루 챙기며, 사후에도 당부를 하고 떠난 그분이 멋지다는 생각이 들었다. 참 잘 살다 간 한 사람의 흔적이 죽음을 맞이하며 더 빛나는 순간이었다.

나는 지금 대한민국 임시 정부가 있는 중국 상해를 떠나 대한민국을 향하는 비행기 안에 있다. 평상시 같으면 무심코 지나쳤을 비행기 꼬리의 태극마크를 몇 번이고 눈에 넣어본다. 상해 임시 정부를 보고 난 후 엄청난 애국자가 된 것 같은 가슴 뜨거움과 한편으론 부끄러운 생각도 들었다. 이 비행기를 타기 위해 손에 쥐어 든 여권을 만지작거린다. 상해의 임시 정부를 보지 않았더라면 사람들이 단돈 몇 만원으로 만들 수 있는 수첩 같은 거로만 생각했을 여권이다. 이 여권에 참 많은 이들의 땀과 피의 대가가 담겨 있다는 것을 느끼고 대한민국의 존재가치를 생각하니 각 나라의 도장을 받을 때마다 감격스럽다.

상하이 노만구 마당로는 허름한 골목이다. 누추한 삶을 말해 주듯 긴 빨래 줄에 걸린 화려하지 않은 옷가지들이 펄럭거린다. 푯말이 없으면 누가 이 골목을 대한민국 임시 정부가 있던 자리라고 알 수 있을까? 매표소 중국 직원의 친절하지 않음에 불편함을 느끼면서도 한마디 말도 따지지 못하는 이 답답함은 나만 느끼는 것일까. 저희 나라 것도 아닌 것을 관리해 주는 도도함에 떳떳한 입장료를 내는 우리들 보란 듯이 저리 거만을 떨고 있는 것인지도 모른다. 입장료 20위안(한화3,000정도)을 내고 들어간 내부는 생각보다 좁고 초라했다. 다 둘러보는데 30분이 채 걸리지 않은 시간이다. 무거운 마음과 뭉클함이 밀려 왔다. 먼 타국 땅의 대한민국 임시 정부를 싼 입장료 수익금만으로 보존하는 것 자체가 미안함이었다.

높은 나무계단과 차가운 마룻바닥의 냉기가 얼굴을 밀고 올라왔다. 책상 몇 개와 간이침대가 전부인 그 좁은 곳에서 나라의 독립을 위해 살다간 독립 운동가들의 생전 모습을 떠올려 본다. 둘러보는 내내 숙연해지는 마음과 그분들의 노력에 비해 우린 너무 거저먹고 살고 있다는 생각이 들었다. 잘 먹고 잘 사는 이 시대에 나라를 위해 먼 타국에서 애써 준 그분들께 감사와 존경을 다시 한 번 새겼다.

내부 전시를 끝내고 기부금 넣는 곳에 가지고 있던 중국 돈을 다 털어 넣었다. 이 중요한 곳을 저렴한 입장료로 꾸려가기엔 턱없이 모자랄 것이고, 거만한 매표소 중국 직원의 무례함을 한방에 날려주고 싶었다. 기부함 옆에 놓여진 방명록에 "대한민국 만세! 고맙습니다."라고 적었다. 뭉클하고 목이 메어 아무 말을 할 수가 없었다. 옆 사람도 그 옆 사람도 아무 말이 없었다. 그리고 그 침묵은 꽤 오래도록 이어졌다. 그날 밤, 상하이는 아픔이었다.

비행기가 착륙한다는 방송이 또박또박 흘러 나왔다. 손에 든 여권을 차례로 넘겨본다. 꽤 많은 나라들의 도장이 찍혀 있다. 이 여권 한 장으로 세계 곳곳을 누비고 다녔다. 나라 없는 설움과 무지와 가난에서 나라와 백성을 구하고자 했던 그분들의 애민이 아니었다면 이 여권에 찍힌 세계 각국의 도장은 존재할 수 있을까. 상해 임시정부는 그분들의 흔적을 이 여권에 고스란히 담겨 주고 있었다. 도장 한 개가 또 찍히는 순간이다.

아들과 함께하는 여행

　뉴욕 허드슨 강 리버티 섬에는 횃불을 치켜든 자유의 여신상이 맨하튼을 배경으로 거대하게 서 있다. '아메리칸 드림'을 안고 세계 각국의 이민자들이 뉴욕 항에 입항하며 첫 번째로 보게 되는 미국의 상징물이기도 하다. 세계도시 뉴욕에 200년이 넘은 이 조각상을 보기 위해 몰려드는 인파들은 잔잔한 허드슨 강위로 펼쳐진 미국의 역사와 거대함에 부러움을 감추지 못한다. 다양한 인종들이 모여 사는 이 나라에 아메리칸 드림을 꿈꾸는 사람들의 자유와 평화를 이 자유의 여신상이 묵묵히 지켜주고 있는지도 모른다.

　시신경 수막종을 앓고 있는 아들이 군 복무를 마치지 못하고 의무 조사 휴가 중이다. 전신마취를 세 번이나 하고 두 번의 시술과 다섯 시간이 걸린 큰 수술, 스물다섯 번의 방사선 치료를 이제 절반쯤 지나고 있다. 끝까지 잘 해내고 싶어 했던 군복무였지만 신이 허락한 짧은 군 복무는 아들의 마음 한 켠을 아쉬움으로 남게 했다. 얇고 예민한 시신경에 방사선을 쐬고 나면 화상을 입고 물집이 잡힌 것처럼 눈 흰자가 부풀어 오른다. 금방이라도 터질 것처럼 위태롭다. 부분 마취를 하고 고여 있는 물을 빼내고 다시 방사선을 한다. 이 모든 과정을 겪는 아이는 담담하고 침착하다. 매일 병원으로 출근하는 일이 하루의 일상이 된 지금, 말수가 적은 아들 녀석은 밝은 미소로 나를 위로한다. 다행히 시신경과 약간의 시력은 살릴 수 있다니 얼마나 감사한가.

아들은 큰 종합병원의 안과 병동에서 꽤 유명인사가 돼 있다. 흔하지 않은 병명과 남들이 가기 싫어하는 군대를 당당하게 입대한 멋진 사나이라고. 4대 의무 중의 하나를 성실히 이행한 것이 무슨 칭찬이냐 싶지만 군 복무 여부는 아들의 병과 함께 묻는 안부가 됐다. 하기야 군복무를 꺼려 어떤 편법을 써서라도 입대를 안 하려는 아이들에 비하면 대견하다 못해 자랑스럽기까지 했다.

처음 발병하여 병원을 찾았을 때만 하더라도 병명도 알 수 없고 치료 사례도 없어 일 년여를 검사만 하며 지켜보자 했다. 약도 없고 수술도 할 수 없는 긴 기다림이라 했다. 그런데 그 어렵다던 수술을 위해 아들은 수술실 앞에 있다. 종양이 시신경 뒤에 바짝 붙어 있어 쉽지 않고 시력과 시신경을 다 살려야 하는 어려운 수술이라 했다. 위기 앞에 더 씩씩해져야 했다. 수술실에 들어가는 아들을 꼭 껴안고 볼을 비볐다. 그리고 귀에 대고 속삭였다. "아들, 잘 하고 와 제대기념으로 뉴욕 여행 가기로 한 거 알지? 수술 잘 끝나고 제대 하면 뉴욕 여행 가자" 아들은 흰 이를 드러내며 웃기만 했다. 수술하는 사람한테 여행이라니, 평상시대로 천방지축인 엄마의 철없는 행동에 아들은 어이없다는 듯 웃는다. 밝은 엄마의 모습만이 긴장하는 아들에게 위로가 될 거 같아 애써 담담한 척 들여보냈다. 참았던 눈물이 멈추지 않았다.

일 년에 한번쯤은 가족 셋이 여행하는 걸 연중행사로 정해 놨다. 세 식구가 한 방에서 잘 수 있는 기회를 만들기 위해서 아들이 어렸을 때부터 빼먹지 않고 하고 있는 행사다. 가족이라야 셋뿐인데 한집에서도 셋이 머리 맞대고 밥 먹을 시간조차 넉넉하지 않다. 일 년 동안의 가족을 위한 배려나 위로로 여행을 선택했다. 그 중의 한 여행지로 군복무 제대 후 미국 뉴욕을 손꼽고 있었다. 왜 하필 아들의 수술실 앞에서 그 자유의 여신상이 생각났을까? 안전한 수술을 기원하는 에미의 마음과 아들과 함께 가보고 싶은 염원 때문이 아니었을까.

몇 해 전 뉴욕 여행 때 아들과 동행하지 못한 아쉬움이 컸다. 내가 생각 했던 것보다 훨씬 넓고 보여 줄 게 많았다. 맨해튼과 월스트리트, 브로드웨이 뮤지컬, 하버드 대학교 등, 가는 곳마다 부러움의 탄식을 쏟아내게 했다. 이 넓은 세상에 한번쯤은 젊은 청춘으로 당당히 맞서며 부딪쳐 볼만한 곳이라 생각했다. 사람과 사람들이 의식하지 않고 만끽하는 자유와 복잡함 속에서도 반듯한 도시는 이곳이 세계를 움직이는 나라임을 실감하게 했다. 특히 맨해튼 타임스퀘어에서의 하루는 눈도 귀도 종일 바쁘게 했다. 전 세계 사람들과 전 세계 문화를 한꺼번에 구경할 수 있는 뉴욕을 자본주의 속물로만 치부하기에는 고약하다는 생각이 들었다. 부러우면 지는 거라 했던가? 그런데도 그저 부러울 뿐이었다. 이 넓은 곳을 아들과 꼭 함께 다시 와서 보여주고 들려주고 싶었다. 아메리칸드림은 아니더라도 세계를 향한 큰 꿈을 꿀 수 있는 기회를 주고 싶었다.

예정시간을 훌쩍 넘긴 긴 수술이 끝나고 아들이 나왔다. 눈에 감아 놓은 붕대와 튜브에 피가 고여 있다. 아직은 아프겠지? 상처도 더디게 아물 것이다. 그러나 아들은 잘 이겨 낼 것이다. 병간호하는 내내 늘 씩씩하고 밝은 내 모습에 사람들은 말한다. "아들이 아픈 거 맞아요? 아들이 아프다는데 얼굴이 더 팽팽해졌어요." 나는 대답한다. "걱정한다고 우리 아들이 금방 어떻게 되는 게 아닌데 씩씩하기라도 해야지."속으론 울고 있었다.

맨해튼의 야경 속에 멀리 자유의 여신상이 빛나고 있다. 치켜든 횃불 아래로 아메리칸 드림을 꿈꾸며 몰려든 이민자들의 꿈은 오늘도 빛나고 있다. 아들과 함께 그 꿈을 맞이할 준비를 해야겠다. 누워 있는 아들 녀석이 한 뼘은 더 자란 듯했다.

죽어서도 밤일 하나?

아 네모네 이현숙

hyunsook9923@daum.net

부엌에서 설거지를 하다 눈을 들면 북한산이 한 눈에 들어온다. 면목동 쪽에서 보면 백운대와 인수봉, 망경대가 합쳐 케네디 얼굴이 된다. 비쭉 나온 인수봉은 앞으로 내민 머리카락 모양이고 백운대는 코가 된다. 인수봉과 백운대 사이로 움푹 들어간 곳은 영락없는 눈이다. 턱을 닮은 망경대를 지나 왼쪽으로 내려가면 목에 툭 튀어나온 목울대가 보인다. 목울대가 좀 크기는 하다.

여기서 왼쪽으로 쭈욱 따라 내려가면 거시기가 보인다. 봉긋하니 서 있다. 아마도 족두리봉인 듯하다. 케네디는 죽어서도 밤일하나? 하는 생각에 웃음이 피식 나온다. 다 늙어서 이런 생각을 하는 내가 더 웃긴다. 하긴 케네디는 너무 젊은 나이에 죽어서 아직도 정욕이 넘치는지 모른다.

그런데 더 재미있는 것은 해가 질 때의 모양이다. 하지가 가까워지면 꼭 거시기 위치에서 해가 떨어진다. 마치 거시기에 불이 붙은 것 같다. 하지가 지나고 동지가 돼 가면 해는 점점 더 왼쪽으로 이동하여 발치까지 내려가고, 동지가 지나면 다시 다리를 타고 올라와 거시기까지 올라온다.

나다니엘 호손이 쓴 큰 바위 얼굴이란 책이 있다. 주인공 어니스트는 어려서부터 어머니와 함께 큰바위 얼굴을 바라보며 언젠가 이 얼굴을 닮은 위대한 인물이 나타날 것이라는 예언을 듣는다.

그 후 큰 바위 얼굴을 닮았다는 사람이 여러 명 나타났지만 어니스트가 볼 때는 전혀 닮지 않았다. 그는 실망에 잠겨 일평생을 살았다. 그의 머리는 희게 변했지만 그는 여전히 큰 바위 얼굴을 닮은 사람을 기다리고 있었다. 그때 그 지방 출신의 한 시인이 나타났고 어니스트는 이 사람에게서도 큰 바위 얼굴을 찾지 못했다.

어니스트가 흰 머리를 휘날리며 석양에 서서 사람들에게 이야기를 하고 있는 모습을 보고 시인이 팔을 높이 들며 소리쳤다.

"보시오. 보시오. 어니스트씨야 말로 큰 바위 얼굴을 닮은 사람이요."

청중들은 큰 바위 얼굴과 어니스트를 보며 예언이 실현되었음을 알았다. 하지만 어니스트는 시인과 함께 집으로 돌아가며 자기보다 더 현명하고 착한 사람이 나타날 것을 마음속으로 빈다.

사람이 평생을 두고 어떤 사물을 바라보며 어떤 염원을 갖다보면 그 사물을 닮아가는 것이 아닐까? 그래서 국민성이 만들어지고 어떤 지역의 특성을 갖게 되는지도 모른다. 밤낮으로 자연을 바라보고 사는데 그 영향을 안 받는 다는 것은 도저히 불가능한 일인지도 모른다. 서양에서는 탄생 별자리를 따라 점을 치고 동양에서도 생년 월 일로 길흉화복을 점친다. 년 월 일 시에 따라 태양과 달의 위치와 인력도 달라지는데 사람이 어찌 그 영향을 안 받을 수 있을까.

결혼할 때 신랑의 사주(생년 월 일 시를 적은 종이)단자를 신부 측에 보내는 것도, 결혼하기 전에 궁합을 보는 것도 어쩌면 이런 연유인지도 모르겠다.

대학교 졸업식 날 학교에 온 친정 어머니에게 지금의 남편을 소개했다. 집에 온 어머니는 불만이 가득하여 '원 세상에 평생 비지죽도 못 먹은 것처럼 배짝 마른 게 꼭 깜생이 같이 생겼네.' 하며 도무지 맘에 들지 않는다고 하였다. 나도 별 반박을 할 수가 없었다. 내가 봐도 그랬으니까. 사실 남편은 집이 가난하여 하숙할 돈도 없이 교수실에서 라면으로 끼니를 때우며 겨우겨우 졸업했다. 키는 170이 넘는데 체중은 56키로 밖에 안 되어 몰골이 모성애를 자극하는 형이었다. 어머니는 얼굴이 허옇고 퉁퉁한 사람을 좋아하는데 어머니가 볼 때 완전 빵점이다.

그런데 그 후 반대의 목소리가 점점 약해졌다. 어머니는 나에게 그 사람의 생년월일과 시를 알아오라고 했다. 쥐띠에다가 음력 9월 16일이고 저녁 먹고 태어났다고 했더니 어디 가서 점을 보았나보다. 그 점쟁이 왈 이렇게 잘 만나기는 정말 힘들다고 기막히게 잘 만났다고 했다. 그 후 불평도 사라지고 순조로이 결혼이 이루어졌다. 지금까지 40년 이상 별 탈 없이 잘 살아온 것은 정말 잘 만난 것일까.

인간은 태어나면서부터 정해진 운명이 있는 것일까? 아마도 그가 태어난 자연 환경이, 또 그가 자라온 주변 환경이 그에게 영향을 주어 그런 인생을 살게 되는지도 모른다.

오늘도 북한산의 큰 바위 얼굴을 바라보며 비명횡사한 케네디를 생각한다. 그 사람의 사주는 그렇게 살다 갈 수밖에 없는 것이었을까?

환상숲 곶자왈 이야기

　제주도 한경면에 가면 환상숲 곶자왈 공원이 있어요. 동생들과 모처럼 제주도 여행을 나선 김에 곶자왈 공원에 들렀어요. 곶은 숲, 자왈은 가시덤불을 말한대요. 용암 바위 덩어리에 생긴 특이한 숲이지요.

　입구로 들어서니 인공폭포가 보이더군요. 따가운 햇볕 아래 쏟아져 내리는 물줄기만 봐도 시원한 느낌이 들었어요. 그늘에 앉아서 해설사를 기다렸어요. 의자에 앉아 숲을 바라보니 자연 그대로 보존된 숲이 원시림을 보는 듯했어요. 이름 그대로 환상숲이더군요.

　해설사와 함께 숲길로 들어서니 시원한 바람이 솔 솔 불어왔어요. 바위마다 동그란 잎이 잔뜩 붙어있었는데 콩짜개 덩굴이래요. 콩을 짜개 놓은 것 같아서 그런 이름이 붙었다네요. 정말 재미있는 이름이죠?

　조금 더 가다가 해설사 언니가 나무뿌리를 가리키며 잘 보라고 하더군요. 유심히 보고 있자니 이렇게 뿌리에서 판 모양으로 내려와 땅에 단단히 박혀 있는 걸 판근이라고 한대요. 바위 지대라 땅속 깊이 뿌리 내리지 못한 나무가 넘어지지 않으려고 이렇게 판을 박는대요. 어떻게 하든지 살아남으려는 나무의 몸부림이 느껴졌어요.

　그뿐 아니라 나무뿌리들이 바윗덩어리를 두 손으로 감싸 안듯 잔뜩 움켜쥐고 있는데 이것도 바람에 넘어가지 않으려는 나무의 치열한 몸 짓이래요. 나무는 그저 땅에 뿌리를 내리며 아무 걱정 없이 편안히 사 는 줄 알았는데 그게 아니더군요. 이 험한 세상에서 살아남으려고 몸부 림치는 것은 동물이나 식물이나 다 똑같은가봐요.

해설사가 한 나무 앞에 서더니 덩굴이 감고 올라간 모양을 잘 보래요. 한 개의 나무에 두 개의 덩굴이 타고 올라갔는데 하나는 칡덩굴이고 하 나는 등나무래요. 서로 엇갈리며 나무를 감았는데 감는 방향이 다르더군 요. 하나는 왼쪽으로 감고 하나는 오른쪽으로 감았어요. 이렇게 덩굴이 감는데도 고유한 방향이 있는 줄 처음 알았어요. 갈葛은 칡이고 등籐은 등 나무인데 갈등이란 칡덩굴과 등나무가 얽히고 설켜 풀기 힘든 상태를 말 한대요. 이렇게 반대방향으로 감으니 정말 풀기 힘들 것 같아요.

안으로 조금 더 들어가니 넓은 공간이 나왔어요. 여기는 의자도 있는 데 앉아있으니 해설사가 몇 명을 불러냈어요. 노란 셔츠 입은 아저씨 나오라고 하여 남동생도 나갔죠. 일곱 여덟 명 정도를 둥그렇게 세우 더니 옆 사람과 손을 잡은 후 왼쪽이 누구고, 오른 쪽이 누군지 잘 기억 하래요. 손을 놓고 서로 자리를 옮긴 다음 다시 손을 잡게 했어요. 손을 잡은 채 이리 저리 돌리며 원래의 상태로 만들려는데 뒤죽박죽이 되고 말았어요. 해설사는 이렇게 자연은 있던 곳에 그대로 두어야지 인위적 으로 여기 저기 옮기면 생태계 교란이 일어나서 원래의 상태로 돌리기 힘들다고 하더군요. 참 좋은 교육방법이란 생각이 들었어요.

길옆에는 거북꼬리, 마 등 온갖 야생화가 피어 있고, 밭을 만들 때 나 온 돌을 쌓아서 만든 머들이란 돌무더기도 있었어요. 움푹 들어간 구멍 도 있는데 얼음골이라고 한대요. 아래로 내려가자 정말 시원한 바람이 나오더군요. 곶자왈에는 이런 구멍이 많아 비가 오면 스며들어가서 많은 지하수가 생긴대요. 말하자면 지구의 숨구멍이죠. 그런데 난 개발로 이런 숨구멍이 막혀 지하수가 점점 줄어든대요. 또 암반수가 좋다고 마구 뽑아 올려 물 부족 사태가 염려 된다고 하더군요.

우리가 먹는 삼다수는 지하 420미터에서 끌어올린 암반수라고 하네요. 빗물이 현무암층을 거쳐 여기까지 내려가는데 25년 걸린다고 하니 정말 귀하고 깨끗한 물이죠. 거기다 여러 가지 미네랄이 섞여 있어 우리 몸에 아주 좋대요. 그런데 우리가 이것을 다 뽑아 올려 먹어버리면 우리 자식들은 25년을 기다려야 이런 물을 먹을 수 있겠죠? 제주도민만 먹으면 이렇게까지 빨리 고갈 되지는 않을 텐데 육지의 사람들도 갖다 먹고 중국, 일본은 물론 미국까지 수출한다고 하니 얼마 못가 바닥이 드러날 것 같아요.

이런 말을 들으면 땅의 신음 소리가 들리는 듯해요. 예전에는 땅 표면으로 흐르는 물만 먹고, 산에서 자라는 나무만 가지고 살았는데 지금은 땅 속 깊이 시추공을 뚫고 물과 석유를 마구 뽑아 올리고 있으니 지구는 산 채로 온몸에 빨대를 꽂은 채 피를 빼앗기고 있는 것 같아요. 정말 우리가 지구의 피를 빨아먹는 게 아닐까요?

또 암석을 뚫어 석탄과 광물을 마냥 캐내니 아마도 골다공증에 걸려 온몸이 무너질 지도 몰라요. 지구가 신음하며 쉬지 않고 SOS를 보내지만 우리 귀는 멀고 마음은 굳어져 아무 소리도 듣지 못하는 것 같아요. 기생충이 너무 번성하면 숙주가 죽어버리듯이 우리 인류가 너무 번성하여 마구 쑤셔대면 이 지구가 죽어버릴 지도 몰라요. 그러면 지구상의 모든 생물도 함께 죽음을 맞겠죠.

환상숲 곶자왈 공원을 나서며 이 숲의 환상적 자태를 유지시키기 위해 내가 할 수 있는 일은 무엇일까 생각했어요.

간절함으로 더 소중했던 여행

이남수
nslee1941@hanmail.net

    TV에서 어디 어디 여행지를 소개하는 프로그램을 하는데 산과 바다가 어찌나 아름다운지 돌리던 청소기를 그대로 두고 소파에 앉았다. 해안도로를 달리는 차창 밖으로 가슴이 뻥 뚫릴 거 같은 바다가 펼쳐지고 여행을 안내하는 리포터가 두 팔을 벌려 한껏 그 상쾌함을 들이마신다. 나도 따라서 두 팔을 크게 벌렸다. "아~ 시원해~ 아~ 상쾌해~"라고 소리까지 내보니 바닷길을 함께 달리는 느낌이 들었다.

    여행을 좋아하는 남편이 몸이 좀 불편해지면서 우린 멀리 나가는 것이 힘들어졌다. 여행을 좋아하는 남편 덕에 시간만 나면 산과 바다로 참 많이도 다녔는데 지금은 동네 공원 한 바퀴 돌기도 쉽지 않으니 가끔은 답답한 마음도 들고 어디론가 훌쩍 떠나고 싶을 때가 있다.

    "내가 여행 가자고 할 때는 그렇게 귀찮아하더니 이제는 가고 싶어?"

    "그러게 말이야. 그때는 시간만 나면 나가자고 하는 당신 때문에 힘들다고만 생각했는데 지금은 그때가 그립네. 당신 얼른 나아서 우리 같이 여행 갑시다."

    이렇게 말을 주고받긴 했지만 나 혼자 남편을 부축하며 여행이라니.

이제는 둘이 같이하는 여행은 어렵겠다고 생각하니 울적하기도 했다.

올해 여름, 그런 내 마음을 안 것인지 딸아이가 제주도 여행을 함께 가자고 했다. 어찌나 좋았는지 남편이 힘들어 싫다고 할까 봐 안절부절 못했다. 다행히 천천히 다녀주면 가보겠다고 나서니 얼마나 고맙던지 난 그만 그의 목을 끌어안고 고맙다는 말을 몇 번이나 되풀이 했다. 정말 행복했다.

한여름의 제주도, 뜨거운 날이었지만 덥기는커녕 청춘의 피가 다시 끓어오르는 것 같았다. 일본사람들까지 일부러 찾아와 먹는다는 팥빙수집에 들렀는데 맛도 기가 막혔고 분위기도 최고였다. 아이스크림과 팥빙수를 먹으며 더위도 식히고 다음 일정도 짰다. 오랜만의 여행길에 남편도 빙긋빙긋, 달콤하고 시원한 샤베트 같은 내 기분!

차를 몰고 〈이중섭미술관〉으로 향했다. 황소작품으로 유명하다는 것 정도를 알고 있었지만, 그의 생을 제대로 들여다 본 적은 없었기에 꼭 가보고 싶었던 곳이었다. 작품들이 여기저기 흩어져 있어 정작 미술관에 내게 익숙한 작품들의 원화는 없었지만 아쉽지 않았다. 미술관과 거리에서 그의 예술혼을 충분히 느낄 수 있었기 때문이다. 처절한 생활고로 이별할 수밖에 없었던 가족에 대한 그리움, 예술가로서의 좌절 그것들로 인해 얻은 몸과 마음의 병으로 그를 너무 일찍 떠나보내게 되었던 것이 너무나 안타까워 한참을 서성거렸다. 외로움으로 가슴이 서늘했을 그와 뜨끈한 국밥이라도 한 그릇 같이 나누고 싶은 내 마음….

얘기로만 들었고 와보지 못했던 〈소천지〉. 작은 바다를 둘러싼 바위들이 백두산의 천지를 닮았다고 해서 이름 붙여진 소천지는 정말 아름다웠다. 많이들 찾지 않는 곳이어서 자연 그대로를 갖고 있으니 더 귀하게 느껴졌다. 하늘과 바닥을 그대로 담고 있는 맑은 물이 어찌나 깨끗한지 내 안의 나쁜 것들이 다 씻겨 나가는 듯했다. 몸이 불편한 남편이 같이 오기엔 힘든 곳이라 혼자 와 바라보고 있자니 가끔은 짜증을 내기도 하고 가끔은 우울해하기도 했던 것이 미안했다. 하늘인지 바닥인지, 소천지의 바위들인지 한라산인지 기웃기웃 들여다보면서 나인지 너인지 모를 정도로 하나가 된 남편과 내 모습이 떠올랐다. 애틋하고 측은하다. 따뜻하다. 남편이 기다리는 아래로 빨리 달려가고 싶은 내 진심!

바닷가도 가고 맛있는 음식도 먹고 멋진 카페에서 차도 마시면서 아주 오랜만의 여행을 마음껏 즐겼다. 남편과 손을 잡고 해변을 거닐다보니 순간순간이 얼마나 귀하고 소중한지. 늘 기회가 있었을 때는 '피곤하다'고 '볼 것도 없는데 돈만 아깝다'고 투덜거리기만 했는데 간절함을 담으니 더없이 감사할 뿐이다.

"여보, 여행도 우리의 삶과 같네. 소중함을 깨닫고 나니 더 귀하고 아름답네."
남편의 손을 잡고 조용히 새겨보았다.

여보, 나만의 공간으로 초대할게요

여자가 저녁상을 물리고 나면 아이들은 제방으로 쏙쏙 들어가고 남편은 안방으로 들어가 TV를 켠다. 여자는 아이들이 방으로 들어가고 나면 공부를 하든지 수다를 떨든지 방해하지 않는다. 자기들끼리 만의 시간도 필요할 테니까. 남편이 안방으로 들어가 TV를 켜도 역시 방해하지 않는다. 회사 일로 바빴을 테니 퇴근 후에는 조용히 쉬고 싶을 것 같기 때문이다. 그렇게 남편과 아이들은 저녁때가 되면 자연스레 자기만의 공간 속에서 자기만의 시간을 갖곤 한다.

여자가 설거지를 끝내고 앞치마를 풀며 조용히 식탁에 앉는다. 뻐근한 허리를 두드리다 가만히 보니 부엌과 거실을 전부 차지한 자신이 제일 넓은 공간을 가졌다는 생각에 웃음이 난다. 내친김에 커피 한 잔 마시려고 일어서는데 "엄마, 물 좀 갖다 줘요", "여보, 과일 좀 없나?" 하며 각각의 방에서 불러댄다. 물컵을 들고 아이 방문을 여니 책을 보고 있던 아이는 얼굴도 돌리지 않은 채 손을 쭉 뻗는다. 읽던 책을 끊고 싶지 않은가보다. 과일 한 접시를 들고 안방 문을 여니 남편이 검지를 입에다 대고 눈을 찡긋한다. 듣고 있던 뉴스가 중요한가 보다. 모두가 자신만의 공간과 시간이 필요한가 보다.

여자도 자신만의 공간을 갖고 싶어졌다. 아침마다 식구들이 다 나가고 나면 '이 집 전체가 내 공간이다'라고 여긴 적도 있지만 그렇게 얼버무리는 것은 좀 재미없다. '식구들을 위한 주부대기실'말고 오직 나만을 생각하고 나만의 고집을 피울 수 있는 공간을 갖고 싶어진 것이다. 운전할 줄 아는 친구가 자신은 차 안에 있을 때가 그렇게 편안하고 행복할 수 없다고 했던 말이 떠올랐다. 차 안에선 방귀도 맘대로 뀌고 듣고 싶은 음악도 듣고 욕도 맘대로 한다고 했다. 여자는 자신에게도 그런 공간이 있으면 참 좋겠다고 생각한다.

아무래도 부엌밖에 없었다. 여자는 결심한다. '그래, 이곳은 나만의 공간이야. 아무도 방해할 수 없어. 내가 하고 싶은 것을 마음대로 할 수 있고 내 꿈과 사랑, 미움 그리고 갈등도 이곳에서 다 풀 거야'여자는 갑자기 신이 났다. 다음 날 아침, 아껴두었던 예쁜 앞치마를 꺼내고 낡고 헤진 것은 치워버렸다. 미역국을 끓이고 무생채무침을 하고 갈치도 한 마리 구웠다. 아이가 식탁에 앉으며 "엄마, 난 콩나물국이 더 좋은데." 한다. 여자는 "오늘의 메뉴는 미역국이야"라고 대답한다. 남편이 나오면서 "아침부터 웬 생선이야. 냄새나는데"라고 한다. 여자는 검지를 입에다 대고 맛있게 먹으라고 모닝윙크를 한다. 아이들과 남편이 여자의 공간에서 여자의 이야기가 담긴 아침을 먹는다. 가족들을 위해 밥을 짓고 상을 차릴 때도 좋았지만 누군가를 위해서가 아니라 자신이 좋아하는 일을 한다고 생각하니 기분이 좋은가보다. 여자가 자꾸 콧노래를 부른다. 반찬거리를 준비하고 쌀을 씻고 그릇을 닦는 일이 마음 한 번 다시 먹은 거로 이렇게 행복해질 수가 있는지 여자는 신기하기만 하다.

여자의 방에는 재미있는 것들이 참 많다. 몸에 좋지 않은 유해물질이

나온다고 아이들이 난리를 치지만 버리지 못하는 찌그러진 양은냄비와 결혼기념일 선물로 받은 장미꽃무늬 커피잔 세트는 아줌마와 사모님을 오가는 여자와 닮았다. 냉장고엔 당장 저녁 찬거리로 써달라고 아우성치는 시든 아욱 단도 있고 냉동실 구석엔 좋은 날 먹으려고 검은 봉지로 꽁꽁 싸맨 전복이 잘 숨겨져 있다. 연초에 며칠 끄적대다 말았지만 알뜰한 주부인 척에 그만한 것이 없는 가계부가 식탁 끝에 가지런히 놓여있고 그 위에는 이해인 수녀의 시집도 한 권 있다. 여자는 끓는 물에 삶아 반짝거리는 수저와 젓가락을 가지런히 서랍에 정리하고 여전히 고집하는 면 행주를 폭폭 삶기 시작한다. 비누 거품을 내며 행주가 삶아지는 냄새를 맡으니 기분이 좋아진다. 큰 대접을 꺼내 밥 한 주걱을 넣고 아침에 남은 무생채와 참기름을 넣고 쓱쓱 비빈다. 한 입을 크게 입에 넣고 '음, 이 맛이야.'해 본다. 여자는 여자만의 이 공간에서 시집을 읽으며 커피를 마시고 칼질과 절구질로 맘껏 성질도 내고 양푼을 끌어안고 밥을 먹기도 한다. 그 부엌에서 그렇게 50년쯤 지났다.

이제 아이들은 제 방에서 모두 나와 제 갈 길로 다 떠났고 남편도 더는 TV를 켜지 않는다. 남편이 여자의 공간을 기웃거린다. 여자가 말한다.

"여보, 이리 와요. 나만의 공간으로 초대할게요." 초대받은 남편이 빙긋거리며 빨간 꽃무늬 앞치마를 두른다.

병산서원 가는 길

이강순
leedaum37@hanmail.net

태양은 뜨겁게 내려쬐고 있었다. 최고의 더위를 기록하고 있었다. 길 가에는 참깨며 들깻잎이 더위는 아랑곳 않고 짙푸르게 견뎌가고 있었다. 솜털 같은 참깨 꽃잎도 태양 아래 흔들리고 있었다. 옥수수도 여물어가고 있었다. 간간히 매미 소리도 들렸다. 그 속에, 흔들리는 한 사람이 있었다. 손가락 마디마디가 아리고 불면증에 시달리는, 태양에 달구지도 않은 피부는 새까맣게 변해가고 마른 체구는 더 깡말라 볼품없어진 한 여자, 거기 길 위에서 함께 흔들리고 있었다.

"여행 가자."
자정이 가까워질 무렵 친구에게 문자를 보냈다.
"이 삼복더위에?"
"응."
나는 지체할 틈도 없이 곧바로 응, 이라고 대답했다. 뒷날 자정이 가까워질 무렵 친구에게 문자가 왔다.
"내일 가자."

"정말?"

"아침 9시까지 집 앞으로 갈게."

내 나이 쉰 중반, 위기가 찾아왔다. 그 위기란 것이 모호했다. 몸의 변화와 마음의 변화가 동시에 일어났다. 삶의 중심은 회의감과 무력감에 시달렸고 동시에 내 몸 구석구석 안 아픈 곳이 없었다. 미술관으로 책방으로 나돌며 스스로 위로해 보았지만 소용이 없었다. 그런 가운데서도 나는 해야 할 일을 꾸역꾸역 해 내고 있었다. 습관처럼 움직이고 있었고 버텨내고 있었다. 힘겨운 날들을 내색할 수 없었다. 아이들도 남편도 자기 본분을 너무나 잘 수행하고 있는데, 내가 문제였다. 가만히 놀면서 나의 힘듦을 내색하기란 쉬운 일이 아니었다. 그 누구에게 하소연해도 내 편을 들어줄 사람은 없을 것 같았다. 너무 편해서 그렇다고 도리어 핀잔만 돌아올 것 같았다. 나는 꾸역꾸역 살아내고 있었다. 그럴 즈음 뜸했던 책을 주문했고 책을 읽어내는 중 '교감이 이끄는' 이라는 이 한 문맥에 마음이 요동쳤다. 그 밤중에 나는 지체할 틈도 없이 '여행 가자'라는 문자를 친구에게 보냈다.

세차게 울던 매미소리가 그쳤다. 자갈길이었다. 어릴 적 걸었던 포플러 나무 그늘이 있던 그 신작로와 닮아 있었다. 작열하는 태양 아래 신작로는 펄펄 끓고 있었고, 포플러 나무 그늘은 쉬어 갈 길을 내어 주었다. 그때도 지금도 마찬가지였다. 위기라는 것은 모면할 수 있는 길을 내어 놓고 찾아온다는 걸 깨닫게 해 준 길이었다. 얼마나 많은 사람들이 이 길에 섰으며, 이 길을 걸었을까 생각했다. 병산서원 가는 길 울퉁불퉁 휘도는 자갈길에 서서 '조건은 외부로부터 주어지지만 결국 우리가 발견하는 것은 내 안에 들어있던 나다.(우연한 여행자들의 발견/은희경)'라는 말을 기억해 내고 있었다. 어디를 가든 내 안에 갇혀 있던, 혹은 내 안에 숨어 있던 생각과 상념들이 하나로 모여들어 나의 나 됨을 발견해내고 있다는 것을 새로운 듯 다시 읊조리고 있었다.

나는 커서 무엇이 될까? 미래에 대한 불안감에 고민하던 아이, 지글지글 뿜어내는 지열을 맨발로 짓누르며 태양 따라 움직이는 포플러 나무 그늘이 있는 그 길에서 막연히 외로웠던 아이, 땡볕에 눈이 멀던 희디 흰 신작로에서 괜한 발길질을 하며 무심히 걷던 아이, 그 아이는 여전히 지금도 인생이란 길 위에서 이유 없이 서성이고 있었다.

병산서원에는 배롱나무꽃이 피기 시작했다. 나무껍질 없이 매끈한 몸매를 하고 있는 모습이 청렴결백한 선비를 상징한다고 하는 배롱나무 둥치를 꼭 끌어안았다. 바람 없는 그 한낮에 정말 간지럼을 탄 것인지 배롱나무 꽃잎이 흔들렸다. 나무도 흔들리고 나도 흔들렸다. 그 흔들림이라는 것이 어지럽던 내 안의 복잡한 생각들을 가지런히 차곡차곡 정리해 주는 것만 같았다. 나무도 정돈되고 나도 정돈되는 그런 시간이기를, 배롱나무도 마치 내 맘 같을 거라고 착각하며 함께 위로받자, 다독이고 있었다.

아무것도 하지 않는 시간의 힘

무음으로 책상위에 올려 둔 폰에 파란 불이 반짝인 것은 수업 중이었을 때였다. 파란 불은 오래도록 반짝이다 끊어졌다. 전화를 받지 않자 이내 문자 한 통이 툭 올라왔다.

나 서울 왔다. 바쁘니?

올림픽공원 대로변 차창밖에는 플라타너스 이파리가 흰빛에 가까운 연둣빛을 띠고 있었다. 키가 큰 나무 둥치와 나뭇가지는 쭉쭉 뻗어 흰 속살을 가감 없이 드러내며 눈부시게 반짝이고 있었다. 도열한 의장대처럼 늠름하고 씩씩했다. 천지간 꽃잎 흩날리더니 어느새 꽃은 다 지고 초록 숲을 이루어가고 있구나, 무심하게 흘러가는 시간에 놀라는 중이었다. 생명의 경이로움이 햇살과 희석되어 마음을 움직이고 있었다.

언니는 종양 수술 후 정기검진을 받으러 서울에 올라오곤 했다. 일터 때문에 진료를 마치고 곧바로 내려가는 일이 허다했다. 예고도 없이 올라와서 '검진 마치고 내려간다'는 문자 한 통을 남길 뿐이었다. 자매의 대화는 단순했다. 단순하다는 건 그 너머를 읽을 수 있다는 의미이고 이해의 폭이 깊다는 의미일 것이다. 언니는 검진 받는 일을 여행처럼 즐긴다며 혼자 고속버스를 타고 오르내리고 있었다. 나는 수업을 마치자마자 일원동 삼성병원을 향해 달려가는 중이었다. '바쁘니?'라는 말 속에 내포된 의미를 실행하는 중이었다.

진료 끝났다 기다릴게.

병원에 도착했을 때 언니는 정문 앞에 나와 있었다. 양 손 가득 짐을 들고 있는 모습은 진료를 마친 환자가 아닌 여행자 같았다. 내가 도착한 줄도 모르고 무언가에 몰두하며 사색하고 있었다. 깊은 생각 속에 갇혀 있는 시간을 깨고 싶지 않았다. 들키지 않고 그 모습을 오래도록 훔쳐보고 싶다는 생각을 했다. 몰래 사진도 한 컷 찍고 싶었다. 신호등이 그걸 허락하지 않았다. 상념에 젖은 언니를 잠을 깨우듯 불러 세우는 일이 미안했고 아쉬웠다.

우리는 다시 운전을 하여 한국 체대를 지나 올림픽공원으로 플라타너스가 길게 도열한 그 길을 빠져 나가고 있었다. 때를 놓치면 볼 수 없는 플라타너스 여린 이파리의 새순은 가히 장관이었다. 하루 종일, 아니 몇 날 며칠을 눈부신 봄날의 나무를 느껴야만 할 것 같았다. 아니 플라타너스 이파리가 초록빛이 되도록 그 자리 서서 지켜보아야만 할 것 같았다. 그러는 동안 내 인생도 봄날이어야 한다고 억지라도 부려야할 것 같았다.

언니는 봄날 서울 도심의 플라타너스를 본 것만으로 이번 여행은 대만족이라고 했다. 플라타너스 나무, 이 그림도 오래도록 각인 될 수 있는 우리만의 풍경이 될 수 있겠구나 싶었다. 어릴 적 수없이 보아 왔던 그 봄날의 나무를 하필 때에 맞추어 고목에 트는 그 여린 이파리를 언니랑 함께 공감할 수 있었던 것은 일종의 횡재였다. 마치 그때와 지금을 연결 짓는 순환의 고리 같은, 고목이 품어내는 깊음은 삶의 근원을 보는 듯 경이로웠다. 나무가 자라온 시간, 나무가 살아온 그 세계가 뭉클 가슴에 와 닿았다.

어디쯤 오고 있냐?

조금 전의 사색의 실타래는 책장을 넘기듯 넘겨버리고 오빠의 문자에 집중했다. 거의 도착할 무렵 왜 아직 안 오냐며 오빠는 다시 전화를 걸어왔다. 5분 후 도착이라는 말을 남기고 전화는 끊겼다. 현관문을 열고 들어섰을 때 아픈 오빠는 가스렌지에 불을 붙이고 있었다. 우리는 셋이 서로 도와 밥상을 차리고 국을 데워 늦은 점심을 먹었다.

오래 전, 우리는 투닥투닥 싸우기도 했던 남매였다. 곱고 여린 플라타너스 새순처럼 예쁘고 순한 남매였다. 결혼을 하고 각자의 삶의 여행에서 돌아와 마주 앉은 이 모습은 몇 백 광년의 시간을 돌아온 사람처럼 낯설기도 했고 친근하기도 했다. 삼남매가 마주 앉아 점심을 먹은 것은 결혼 이후 처음 있는 일이었다. 주름살 가득한 삼남매 너머 유년의 삼남매가 오버랩 되었다. 얼마나 바삐 살아왔기에 이런 자리 한 번 마련하지 못했나 싶었다. 그 자리가 소박했지만 풍요로웠다. 따스하고 정겨웠다. 아내와 남편 자녀들을 제켜 놓은 삼남매만의 시간이 오롯이 주어졌음이 감격이었다. 주름살투성이인 우리가 마주 앉아 마치 어린 삼남매로 돌아간 것 마냥 밥을 먹고 깔깔대며 이야기를 나누고 있었다.

긴 세월의 간극은 까마득히 잊었던 모양이었다. 그러나 거기 살아온 삶의 그림자 순간순간 엇비치고 있었다.

　플라타너스 고목이 새순을 틔운 그 간격을 생각했다. 우리 삼남매의 긴 세월의 메시지도 생각했다. 여기까지 오는 동안의 그 몇 십 번의 나무의 순환을 생각했다. 나무는 얼마나 많은 사람들에게 그 거리의 풍경을 펼쳐 놓았을지, 때론 색깔과 빛으로 냄새와 느낌으로 얼마나 많은 감흥의 이야기를 만들어 놓았을지, 잎이 피고 지는 과정을 견뎌낸 비바람과 태풍의 흔적은 어떠했을지, 사사로운 날들에 대한 풍요와 갈등이 엮어놓은 그 거리의 시간은 지금 몇 시쯤에 당도했을지, 무던하게 견뎌낸 그 사소한 날들이 빚어낸 하루하루를 생각하고 또 생각했다.
　무심결에 지나가는 이 하루가 긴 세월을 넘나들 수 있었던 것은 우리 안에 내재된 시간의 힘이었다. 아무것도 하지 않는 시간의 힘은 오감과 감성을 자유자재로 유동하며 삶의 속도를 조절하고 있었다. 무심히 지나간 시간인줄 알았는데 아니었다. 흘러 버린, 보내 버린, 그 시간은 적당히 현재 속에 녹아들고 있었다. 그때도 지금도 우리는 여전히 흐르는 시간 속에 있었다. 깊음과 얕음의 높이와 넓이를 조절하며 그렇게 서 있었다. 삶이란 우연히 찾아온 하루의 날들이 모여 여기에 이른 것이라고 말하고 있었다.

제2장
소리에 빛깔을 담아

이춘자
허해순
안혜영
尹中一
윤정희
이영숙
김상남

더 좋을 거라는 한마디

이춘자
dajeongd1@hanmail.net

아덴만 작전에서 석해균 선장은 해적에게 여러 발의 총상을 입었다. 다 죽어가는 선장을 살려 낸 사람은 이국종 교수다. 그가 어린 시절 축 농증 때문에 병원에 간 이야기다. 지금의 이국종 교수가 있기까지 어느 의사의 말 한마디가 힘이 되었다고 한다. 아버지가 6·25때 지뢰를 밟아 눈과 팔다리를 다쳤다. 2급 장애국가 유공자가 되어서 발급받은 '의료복지 카드'를 들고 병원에 갔다. 복지 카드 때문에 병원에서 거절을 당했다. 다른 병원의 한 의사는 의료복지카드를 보고 아버지가 자랑스럽겠다고 하면서 돈도 받지 않고 치료를 잘해 주었다. 열심히 공부해서 훌륭한 사람이 되라고 용기를 북돋아 주었다고 한다. 그 의사가 해 준 긍정의 말 한마디가 이국종을 사람 살리는 의사로 만들었다. 말은 사람을 죽이기도 하고 살리기도 한다.

내가 가족과 떨어져서 객지에서 혼자 자취를 할 때다. 낮에는 직장에서 정신없이 시간 가는 줄 모르고 일을 하였다. 다른 동료들은 퇴근 시간을 기다리는데 나는 그 시간이 두려웠다. 퇴근을 하여 외딴 집 사택에는 아무도 반겨주는 사람이 없다. 어두운 방에는 냉기가 돈다. 그날은 안채에 사는 선생님 가족도 시내에 나들이 가고 혼자였다. 안채 식구들이 빨리 왔으면 좋으련만 달빛이 밝은데 귀신이라도 나오면 어쩌나, 무서우면 무서운 일이 일어난다. 어디서 나는 소리일까 "스르륵, 스르륵" 바닥 끄는 소리가 났다. 분명 앞마당에서 나는 소리다. 밖으로 나가봐야 하는데 다리가 움직여지지 않았다. 온몸에 소름이 돋고 간이 오그라드는 느낌이다. 하필이면 화장실이 급했다. 참을 수가 없어서 용기를 내어 방에서 뛰쳐나왔다. 그때 처마 밑 시멘트 바닥에서 비닐봉지가 바람이 부는 대로 왔다가 갔다가 했다. 소리의 주범은 비닐봉지였다. 귀신인줄 알았는데, 나는 오그라든 가슴을 활짝 펴서 밤공기를 크게 들여 마셨다.

아이들을 떼어놓고 근무하는 것은 여러 가지로 고통스러웠다. 전보 발령을 받고 심신이 고단하여 동료들과 친할 마음의 여유가 없었다. 한동안은 외로운 늑대가 되어 언제 터질지 모르는 화약덩이가 되었다. 대화가 없으면 때론 예기치 않은 오해를 살 수 있다. 유명인들 중에는 비방하는 글로 인해 목숨을 끊는 안타까운 일들을 본다. 비방하는 말은 총도 아니고 망치도 아닌데 그 어떤 무기보다 흉기로 변하여 사람을 죽이기도 한다. 동료들이 등 뒤에서 이혼녀일지 모른다고 수군거리는 것은 귀신 소리보다 더 무서웠다. 험담하는 말을 듣다보니 도저히 참을 수가 없었다. 무차별로 한 사람에게 시비를 걸었다. 내가 그렇게 말랑하게 보이느냐고. 다른 사람들은 방금 같이 흉을 보고 즐겼는데 슬슬 다 도망을 갔다.

목마른 사람이 먼저 우물을 판다고 마음은 동료들과 소통하고 친해지고 싶었다. 어느 날 오후에 혼자서 이곳저곳을 기웃거렸다. 그들이 동아리 활동으로 서예를 하고 있었다. 용기를 내어 문을 열었다. 사람들에게 화를 내어서 미안했다고 사과를 하였다. 미안하다는 말 한마디가 모임의 분위기를 바꾸었다. 취미생활을 함께 하면서 속에 있는 말도 하고 친해졌다. 먼저 손을 잡아 달라고 내밀었더니 마음이 한결 가벼워졌다. 그때는 붓글씨를 날이 새는 줄도 모르고 열심히 쓰기도 했다. 주말이 되어야 헐레벌떡 사춘기 아이들을 보러 갔다. 엄마가 고픈 아이들이 또래 아이들 보다 늙어 버린 것 같았다. 직장생활을 하면서 가족과 함께 있는 그들이 늘 부러웠다. 언젠가 나에게도 가족과 함께 있을 날이 오겠지.

어느 날 서예 선생님과 단둘이 있게 되었다. 선생님이 계획적으로 자리를 마련하신 것 같다. 선생님은 강사료를 돌려주며 아이들 맛있는 것 사 주라고 했다. 자기는 관상을 좀 볼 줄 안다고 했다. '네가 지금은 고생을 하지만 노후에는 부러워하는 동료보다 더 좋을 거라'고 한다. 젊어서 고생은 돈을 주고 사서라도 한다. 네가 그렇게 부러워하는 그 사람보다 더 좋을 거라는 긍정의 말은 삶이 힘들 때마다 용기를 주었다. 그래 내일을 위한 저축이라고 생각하자. 선생님은 내가 경기도로 전보 발령을 받고 그곳을 떠날 때까지 항상 내 편이 되어 주었다. 선생님이 정말 관상을 볼줄 알았을까. 아니면 위로해 주려고 한 말일까. 오늘은 어제보다 더 좋고 내일은 오늘보다 더 좋아지기를 우리는 염원한다.

나에게 지금보다 '더 좋을 거라'는 말은 이 세상 끝날 때까지 현재 진행형이다.

액땜은 무슨

거울을 본다. 내 이마에는 사람들 눈에 보이지 않는 흉터가 있다. 왼쪽 이마와 머리털이 나기 시작하는 경계에 어른의 대문 이빨 자국크기의 '-'모양의 흉터가 있다. 당연히 있던 자리에 있어야 할 흉터가 아무리 찾아도 보이지 않는다. 눈을 위로 치켜뜨고 이마를 살피는데 주름만 가득 잡힌다. 선명했던 흔적이었는데 세월은 주름으로 흔적도 지우고 있는 것 같다. 몸에 흉터가 하나도 없는 사람이 있을까. 배꼽도 엄밀하게 따진다면 어머니와 최초로 분리된 이별의 흔적이 아닌가.

흉터에는 삶의 흔적들이 쌓여 있다. 내 몸에 생긴 흉터가 이야기를 하는 것 같다. 내 이마의 이빨 자국은 어머니와 아주머니가 만든 부두의 전설이다. 초등학교 때 친구가 꼬집어 뜯은 입가의 손톱자국은 흔적만 남아 있다. 직장에서 철재 캐비넷을 열다가 긁힌 손등의 자국은 치열하게 살아온 삶을 보는 것 같다. 연필을 깎다가 손가락에 새겨진 칼자국, 동생을 업고 하수도 구멍에 발이 빠져서 생긴 정강이 안쪽에 강낭콩 크기의 자국이 있다. 지금도 상처에 붙였던 담배 냄새가 나는 것 같다. 사람마다 다르겠지만 내 상처는 몸 왼쪽에 더 많다. 우두를 맞은 자국은 어머니 말이 맞는 것 같다. 예방 주사를 맞았기에 마마자국을 피할 수 있지 않았나 싶다. 그분 표현을 빌리자면 주사자국이 액땜을 했다.

해방이 되었다. 외가 식구들은 일본에 체류하기로 한다. 어머니는 부모형제를 이별할 마음이 없었다. 아버지는 귀국을 하지 않겠다면 이혼하자는 극약처방을 한다. 외할머니는 딸이 갈등하자 '출가외인' 죽어도 그 집 귀신이 되라며 쫓아 보낸다. 재일 동포들의 귀국 행렬은 부두에 장사진을 친다. 어머니도 돌을 갓 넘긴 딸을 업고 연락선을 타려고 줄을 섰다. 어머니 뒤에는 키다리 친척 아지매도 지루한 행렬이 끝나기를 기다린다. 어머니가 업은 아기는 줄줄 흘러 내려 허리춤에 걸렸다. 어머니가 아기를 위로 치켜 올리는데 뒤에 선 아지매가 무료했는지 요란하게 하품을 했다. 아지매의 벌린 입이 닫히는 순간 아기를 치켜 올린 어머니. 아기의 이마는 이빨 자국으로 피가 흐르고 아지매의 왼쪽 대문니는 충격으로 흔들거렸다. 이렇게 하품과 아기를 치켜 올리는 시점이 절묘할 수가 있을까.

거울을 본다. 나는 말랑한 공을 들고 그날 아지매의 하품을 재현 해 본다. 보통 사람들보다 아지매의 돌출 된 뻐드렁니라면 가능 할 지도 모른다. 짝짝이 대문니와 내 이마의 이빨 자국은 그날 부두에서 있었던 전설의 흔적이다. 그날의 전설은 오래도록 구전으로 내려왔다. 어머니가 말하지 않았으면 의식하지 못했던 흉터다. 어머니는 내 이마의 이빨 자국이 액땜을 한다고 강조한다. 액땜은 무슨.

해방이 된 그 해는 호열자가 창궐하였다. 귀환 한 순간 우환동포로 변한 우리 가족도 전염병에 걸렸다. 비교적 가볍게 털고 일어난 어머니는 어른들 병수발 드노라고 아픈 아이를 돌볼 수가 없었다. 아이는 명주바지를 입은 것처럼 엉덩이와 허벅지에 살이 빠져 쭈글쭈글 하였다. 아이는 울 힘도 없는지 조용히 잠만 잔다. 시집 간 고모가 와서 아이가 불쌍하다며 미음을 먹인다. 잠만 자던 아이가 기적같이 미음을 받아먹는다. 고모가 다니러 와서 미음을 먹인 것도 이빨 자국이 액땜을 한 것인가. 만약 어머니가 일본에서 귀국을 하지 않겠다고 고집을 피웠다면. 아버지는 어머니와 이혼을 하고 딸을 데리고 귀국했을 것이다. 아버지는 곧 재혼을 했을 것이고. 그 시절의 상황으로 볼 때, 나는 학교에도 못가고 새 엄마가 줄줄이 낳은 배다른 동생을 업어야 할 것이다. 아버지마저 돌아가시면 영락없는 고아가 아닌가.

6·25전쟁 중에 아버지가 돌아가셨다. 갓 서른을 넘긴 어머니는 어린 남매를 데리고 살 길이 망망하였다. 친정에 가기위해 동생만 업고 일본행 밀항선을 탔다. 배는 캄캄한 바다를 밤새 항해하였다. 밀항선은 새벽녘에야 낯선 섬에 사람들을 내려놓고 가 버렸다. 그 후에도 일본행 밀항선을 탔으나 사기를 당했다. 어머니가 밀항에 성공 했더라면 나는 친척집을 전전하면서 구박덩이가 되었을 것이다. 밀항에 실패한 것은 안타까운 일이다. 어머니의 실패가 나에게는 다행한 일이 된 셈이다. 이빨자국이 액땜을 한 것이 아닌가 싶다.

한일 간에 국교가 정상화 되었다. 모국 성묘방문단이 꿈에 그리던 고향땅을 밟았다. 팔순의 노인은 오십대의 여인을 울면서 밀어 내고 있다. 취재진이 왜 따님을 밀어내느냐고 물었다. 노인은 내 딸은 이렇게 늙지 않았고 꽃같이 예뻤다고 통곡을 한다. 할머니는 딸과 헤어질 때의 싱싱하고 아름다웠던 모습만 상상하며 살았을 것이다. 지금 몰라보게 늙어버린 생소한 딸의 모습을 인정하고 싶지 않아 생떼를 쓰고 있다.

나는 통곡하는 할머니의 자리에 어머니를 세워 보았다. 밀항선이 성공으로 이어졌다면. 일곱 살의 귀여운 딸아이를 주름진 중년 아줌마가 되어 만났다면 나와 어머니의 상봉은 어땠을까.

어머니는 공연히 키 큰 사람 앞에서 아이를 치켜 올린 것이 마음에 걸린 것이다. 아지매는 하품을 한 것뿐이다. 그 일로 자신의 뻐드렁니도 왼쪽이 올라갔다. 누구의 잘못도 아닌데. 이건 쌍방 과실이라고 해야 하나. 내 몸에 난 여러 곳의 흉터들도 액땜했다고 해야 하나. 내 몸의 흉터 하나하나에는 삶의 이야기와 기쁨과 슬픔도 새겨져 있다. 액땜이라는 말 속에는 위로와 긍정의 힘이 있는 것 같다. 흔히 도둑을 맞거나 사기를 당한 사람에게 액땜으로 생각하라고 위로한다. 액땜은 큰 불행을 작은 것으로 막았으니 다행이라는 뜻이 아닐까.

알래스카 크루즈

허해순
nebleher@hanmail.net

아무것도 하지 않을 자유가 크루즈 여행의 묘미다. 더군다나 해상에
선 폰이 터지지 않아 외부로부터 완벽하게 나를 차단할 수 있다. 그 곳
에서 일하는 선원의 수가 승객의 반이고 24시간 서비스가 제공되니 왕
과 왕비처럼 모셔준다는 안내서 문구가 터무니없는 것은 아니다. 친구
들과 밤낮으로 놀기에만 집중하는 찬스 패를 꺼내들고 일탈을 위해 11
만 3천 톤의 호화 유람선에 승선했다.

아무것도 하지 않을 자유만 있는 것은 아니다. 선내 시설과 프로그램
을 최대한 이용하고 참가하는 데 만족을 느끼는 친구는 다함께 하는 정
찬자리에서나 얼굴을 보인다. 선수에서 물살을 가르는 모습을 보며 러
닝머신을 하고 라인이나 살사, 볼룸댄스 교습에 참석하고 팝콘에 햄버
거를 먹으며 야외극장에서 영화를 보기 때문이다. 골프도 칠 수 있고
뮤지컬도 관람하며 고래울음소리가 나면 세이린의 목소리인양 바다 쪽
으로 일제히 목을 빼고 유영하는 고래를 보며 넋이 나간다. 5층에 있
는 플라자에는 연주가 끊임없고 19층의 스카이에 있는 나이트클럽에
서는 친구들이 무대를 장악하고 "앗, 저런 면이!"라며 경탄을 금치 못한

채 흥에 젖은 웃음소리로 시간을 채운다. 기항지에 도착하기 전 망망대해에서 시간을 보내며 즐기는 연구는 따로 하지 않아도 클럽이 도처에 있고 오션뷰 카페와 갤러리와 카지노 그리고 24시간 뷔페와 매일 주문 가능한 요리와 오늘의 요리를 제공하는 레스토랑이 즐비하다. 어느 날은 플라자에서 승객들의 패션쇼가 열릴 정도니…. 그날의 일정과 함께 기항지 정보와 디너 드레스코드까지 명시한 팸플릿이 아침마다 객실 앞에 꽂혀있다. 가슴골이 푹 파인 드레스와 액세서리로 치장한 외국인 여성들의 화려한 모습을 보고 "이렇게 하는 거구나"를 연발하며 그것 또한 이색체험이 되어 준 셈이다. 셰프의 디너메뉴에는 전식, 스프와 샐러드, 파스타, 딸기 셔벗 같은 중간 입가심, 메인코스, 매일 주문 가능한 요리, 오늘의 디저트, 매일 주문 가능한 디저트 순으로 각각 세 네가지 씩 제공된다. 동그라미 표시로 선택을 해서 주면 와인이나 칵테일 등 음료와 함께 나온다. 살아온 동안 양식당에도 드나들었고 내 전공과목에 서양요리가 있었음에도 메뉴를 선택하는데 용어조차 낯설어 주문서를 놓고 고르는 모습이 공부에 열중하는 태도가 되어버렸다. 생강절임 양파와 프로방스 식 메스크런 샐러드로 맛을 더한 메추라기와 사슴고기 테린 같은 요리는 적당히 이해하지만 프로슈토 크루도와 멜론, 페투치니 알프레도 크림 파스타, 러브 보트 드림, 자발리오네, 토론치노, 슈가프리 모카치노 세미프레도, 스틸턴 치즈 무스와 월도프 샐러드는 난해하다. 뭐 메인메뉴는 적당히 짐작하고 고를 수 있는데 전식이나 후식에서 더 헤맨다. 그나마 질문을 귀담아듣고 끝까지 도와주려고 애쓰는 직원의 서빙태도에 유쾌한 식사시간이 되지만.

 이집트 여행 후 거의 십년 만에 다시 함께 한 친구들은 나일 강 크루즈를 추억하며 다시 먼 여행을 기획했다. 매달 정기모임을 하고 몇몇은 오랜 기간 동안 주중 등산모임을 해 와서 친밀도가 높다. 봄에는 청산도에서 서편제를 추억하고 겨울에는 남이섬에서 겨울연가를 흉내 내며 단풍철이라고 나들이하고 전시회나 음악회도 자주 함께한 친구들이다. 부모님 장례식 조문이나 자녀들 혼사에도 빠지면 안 되는, 만나면 여고생 수다쟁이로 되돌아갈 수 있는, 우리끼리 주의를 주며 웃음소리를 단속하는 그런 사이…. 이집트에서는 하루씩 체인징 파트너였지만 이번엔 고정으로 룸메이트를 정했다. 내 짝과 나는 선내에서 다양한 프로그램에 적극적으로 참가하는 쪽보다는 아무것도 하지 않을 자유를 선택했다. 친구들과는 기항지마다 함께 하고 뷔페나 레스토랑 식사에서 모이고 다함께 참여하는 프로그램에는 빠지지 않되 정적으로 시간을 보내자는데 마음이 맞았다. 가끔은 내가 예술가의 거리라고 칭한 7층의 사진 전시장 앞을 지나며 식당에 가기도 하고 12층의 테라스 풀이 있는 사방이 탁 트인 공간에서 전망을 즐기기도 하지만, 글레이셔 베이 국립공원의 아름다움에 매료되어 조용히 발코니만 응시한 채로 지낸다. 가끔씩 서로 눈을 맞추며 미소를 짓지만 이심전심임을 느낀다. 우리는 오랜 기간 산을 오르내리며 마음을 터놓았고 갤러리를 순회하고 연극을 보러 대학로와 신사동과 더 많은 이곳저곳을 다녔었다. 짝은 부드러우면서도 천천히 조용조용하게 얘기를 한다. 빠른 말투로 목소리를 크게 말하는 나도 부드럽고 천천히 조용조용 말하게 된다. 내 거울신경이 내 짝과 있을 때는 왕성하게 반응한다. 첫날 짝은 먼 바다에서 멀미와 오한에 시달렸다. 실내온도를 극대로 올려놓고 누워 있었고 나는 더워서 숨이 막혔다. 아프고 힘들어하니 참고 객실복도를 들락거리며 숨을 트이곤 했는데, 이웃방의 친구들이 놀러왔다가 사정도 모르고 왜 이렇게 덥게 지내냐며 친절하게 온도를 조절해주고 덥다고 가버렸다. 짝은 내가 방을 들락거린 이유를 눈치 채고, 왜냐면 나도 춥다고 했으니까….
내의를 꺼내 두툼하게 입은 짝과 될수록 벗고 야하게 입은 나는 말없
이 누워서 생각에 잠겼다. 맘이 맞아도 체온차이로도 한방에서 생활하
는 거 쉬운 일이 아니라는 것을 생각하며 긴 결혼생활을 반추했다. 짝
은 내 거울신경을 또 자극해서 생이 끝날 때까지 수련을 시킬 것이다.
자고 일어나면 어느새 그 자리를 정갈하게 정리하고 주위를 말끔하게
정돈하는 거다. 침상을 정리하고 이불을 반듯하게 접어서 가지런하게
놓고 탁자를 치운다. 좁은 욕실에서 샤워한 후 머리카락을 줍고 물기를
닦아 내가 들어가서 쾌적하게 사용하도록 하는 배려가 몸에 배었다. 장
엄한 빙하를 함께 바라보며 매혹되었던 순간보다 정갈하게 정돈된 짝
의 침상이 눈에 밟힌다. 나는 지금 아무리 바빠도 자꾸 머물렀던 자리
를 돌아보게 되었고, 생의 막바지로 치달을수록 뒷모습을 단정하게 해
야 할 것이다. 일단 앉았던 의자 반듯하게 놓기부터 습관을 들이고 내
말과 글과 행동들이 난삽하고 중구난방은 아닌지 정신을 차려야겠다.
친구들과 놀기에만 집중하는 찬스 패를 써서 인생의 골든 벨에 한발 짝
더 다가설 수 있는 옵션을 추가로 얻었다. 눈부신 만년설과 웅장한 빙
하, 기항지에서 보냈던 시간과 정갈하게 정리하는 모습들은 잊을 수 없
는 풍경으로 남았다.

빛을 만나다

　막연히 동경했는데 기회가 왔다. 건축가들이 최고 미술관으로 꼽는 킴벨 미술관에 가는 것은 내 버킷리스트 넘버원이었다. 미술관이 있는 포트워스는 텍사스 북부 변두리에 위치한다. 텍사스는 미국에서 알래스카 다음으로 넓은 면적을 가진 주다. 벼른다고 쉽게 갈 수 있는 곳이 아니라 꿈만 꾸게 될 거라 생각했다. 텍사스의 주도 오스틴에 가게 되자 킴벨 미술관을 향해 달리고 달렸다.

　킴벨 부부가 수집한 미술품을 전시하기위해 지어진 미술관은 루이스 칸이 설계했다. 유태계 미국이민자인 칸은 에스토니아에서 태어났다. 20세기 최고의 건축가 중 한 사람으로, 그의 사생아 나다니엘 칸이 아버지를 소재로 만든 다큐멘터리 영화 〈나의 건축가(MY ARCHITECT)〉가 2003년 아카데미 후보로도 지명되었다. 자신을 돌보지 않은 아버지의 자취를 찾아 그의 건축물들과 그와 함께했던 사람들을 만나며 아버지를 이해하게 되었다는 내용이다. 칸은 27년간 생계를 위해 공공건축을 하다 50세가 넘어서야 본격적으로 자기의 작품세계를 펼치고 그의 작품들은 불후의 명작으로 남게 되었다. 그는 유작이 되어버린 방글라데시 국회의사당을 짓기 위해서 먼 출장을 다녀온 후 뉴욕의 기차역 화장실에서 심장마비로 세상을 떠났으나 사망한 지 사흘이 지나서야 발견되었다. 나에게 칸은 화보로만 보아온 그의 건축물에서 느끼게 되는 경건한 아름다움이 꼭 밀레의 작품을 보는 것 같았다. 방글라데시 국회의사당 건물을 짓는 과정과 방법을 알게 되었을 때 그의 심오한 건축세계를 온전히 이해할 수는 없지만 육감으로 느꼈던 그의 인간사랑…. 그의 건축물에서 발하는 은은한 빛을 꼭 한 번만이라도 만나고 싶었다.

멀리서 16개의 반원통형 지붕이 있는 미술관이 보이자 가슴이 두근거리고 애인을 만나는 것처럼 설렌다. 연한 복숭아 빛이 돈는 크림색 외벽의 미술관과 그 앞의 조형물은 멀리서 찾아온 순례자를 부드럽게 맞아 준다. 겉에서 보기에는 둥근 지붕이 겹겹이 연결된 것 같지만 내부는 하나로 툭 트여있다. 모든 전시실과 카페, 자료실이 한 층에 모여 있다. 둥근 천장과 천장 사이에 생기는 공간을 전시실과 휴식공간으로 만들었다. 천장의 채광창을 통해 들어온 텍사스의 강렬한 빛은 반사판을 통해 천장으로 다시 반사시켜 창호지에 들어온 빛처럼 부드럽게 실내에 비추도록 했다. 그야말로 은은한 자연광선으로 미술품을 돋보이게 한 연출이다. 소장품은 마티스, 피카소, 세잔, 미로, 몬드리안, 뭉크, 카라바조, 미켈란젤로 등등 낯익은 유럽의 화가들의 작품과 아시아 예술품, 지중해의 골동품, 메조아프리카와 아프리카 작품도 있다. 칸 빌딩의 소장품 관람은 무료고 내가 간 날은 두 점을 대여해서 전시하고 있었는데 다른 작품은 촬영이 가능하나 대여 작품 앞에서는 촬영이 안 되고 경비도 삼엄하다.

수집품이 많아지자 킴벨 미술관은 칸 빌딩 앞에 렌조 피아노 파빌리온으로 불리는 새로운 건물을 지어서 전시하고 있다. 그 건물은 파리의 퐁피두센터와 휴스턴의 메닐 미술관을 설계한 하이테크 건축의 거장 렌조 피아노가 디자인했다. 렌조는 태양광을 다루는 방법과 건축공간을 분리하는 설계를 칸의 사무실을 근무하며 배웠고 그의 하이테크 건축의 핵심 요소로 적용시켰다. 킴벨 미술관은 칸이 설계한 원통형 건물 맞은편에 렌조 피아노가 설계한 직선형건물이 있어 덤으로 렌조의 건축 작품까지 보게 되었다.

킴벨 미술관의 입구에 있는 조형물들과 칸과 렌조의 건물 사이에 일정한 간격으로 같은 종의 나무(yaupon tree)를 심어 우거지게 한 조경, 한쪽 벽을 타고 흘러내리는 물과 오리, 고인돌 같은 입방체 돌들을 드문드문 놓아 꾸민 터, 맑고 확 트인 공간과 고요함, 건물의 부드러운 색조, 빛, 빛, 빛…. 50세가 넘어서 비로소 자기의 세계를 빛으로 표현한 건축가…. 나는 무명의 주부로 '지금, 중한 게 뭔 디!'를 생각하며 살아왔다. 20대는 연애하고 출산하고 30대부터는 시어머니 수발들고 책 읽고 살림하고 그러다 여행하고 사진 찍고…. 내 인생의 손익 계산서를 생각할 때, 억울함에 울컥할 때가 있지만 나름대로 내 좋아하는 것을 찾아서 살아왔고 이제부터 뒤는 돌아보지 않으리. 건축의 본질을 생각하며 인생을 만든 루이스 칸은 빛으로 남았다. 가족을 생각하며 인생을 만들어가는 중인 나는 후세에 무엇으로 남을 것인가. 칸의 사무실에서 빛을 배운 렌조는 하이테크한 건축물을 만들어가고 있다. 쨍쨍한 직사광선을 받아서 반사시켜 부드러운 빛으로 감싸듯 보드랍게 나이가 들어가고 아름다움으로 인생을 완성시키려면 어떻게 살아야할 것인가를 킴벨 미술관 여행 후 내내 생각한다.

구효서 작가님 고맙습니다

안혜영
hyeyoung016@hanmail.net

　저는 『리더스 에세이』라는 수필 잡지의 문학관 탐방 코너에 기고를 합니다. 3개월마다 한 번씩 전국의 문학관을 탐방하고 한 작가의 일생과 작품을 고찰한 느낌을 써 내지요. 이제 겨우 8편을 썼는데 벌써 갈 만한 곳은 다 간 것 같아 또 어디로 가야할지 걱정이 많습니다. 대가는 공부를 많이 하고 써야 할 것 같아 미루고, 잘 모르는 작가는 새로이 탐구해야 하니 또 미루고, 분기마다 고민입니다. 그래도 초반에는 익히 알려진 분들에 대해 썼으니 제가 공부가 부족한 것이 문제이지, 그들의 작품과 문학관에 관하여 왈가왈부할 것이 없었습니다. 문학을 향한 열정과 시대의 아픔을 온몸으로 겪어낸 이야기들은 가슴이 뭉클할 정도로 뜨거웠지요. 성보 아파트에서 주구장창 글만 써 성보암 최보살이라는 별명을 얻은 최명희, 그동안 자진 월북을 하였다고 잘못 알려져 교과서는 물론이고 어떤 출판물에도 이름을 올릴 수 없었던 정지용, 감상적인 글만 쓴 줄 알았으나 시대의식을 갖춘 글도 많이 썼던 박인환 등 모두 존경스러워마지 않을 역량과 행적들로 이야기거리는 차고도 넘쳤습니다. 그러다가 브레이크가 턱 걸린 곳은 8번째 쓰게 된 동탄의 홍사용 문학관에서였습니다. 잘 지어진 문학관과 알찬 운영으로 가히 타 문학관의 귀감이 되는 곳이었지만 저는 탐방을 하고 난 후부터 속이 부대끼기 시작하여 원고를 쓰기 직전까지 소화불량에 걸릴 지경이었습니다.

문학관에는 친일의 글을 단 한 줄도 쓰지 않은 작가라는 문구를 사진과 함께 크게 부각시켜 놓았더군요. 사실 홍사용에 대해서는 「나는 왕이로소이다」라는 시를 쓴 1920년대의 시인이라는 기본 지식밖에 없는 상태였습니다. 문학관을 꼼꼼하게 둘러보다 보면 이 작가가 어느 부분에 열정을 보인 사람인지 감이 딱 옵니다. 작품이 너무 많아 가치가 떨어진다는 조병화 문학관에서도 삶에 대한 애정과 사람을 사랑하는 마음이 보였습니다. 자신이 죽고 난 후 제자들이 시비를 건립하느라 신경을 쓸까 봐 살아생전에 자비로 시비를 만들어 세워 놓았다고 하는 일화를 알고 나면 그를 존경하지 않을 수 없게 되지요. 그런데 홍사용 문학관은 아무리 꼼꼼히 들여다보아도 작가가 어느 분야에 애정을 가지고 생의 에너지를 발산하였는지 보이지가 않았습니다. 휘문고등학교를 다닐 때 시험 답안으로 써낸 붓글씨는 명필이었고 이슬에 젖은 참새라는 뜻의 노작이라는 호가 멋있게는 보였지만 추상같은 작가 정신이 보이지를 않는 거예요. 박경리의 집에서 보았던 수많은 원고 뭉치와 한무숙의 집에서 보았던 천장까지 닿던 책들이 떠오르며 아쉬움만 계속 남아 있었습니다. 일제시대를 살았지만 3·1만세 운동에 참가했다는 기록 외에 적극적으로 독립 운동에 나선 것도 아니고 친일의 글을 쓰지 않았다는 것이지 특별히 일제에 항거하는 글도 쓰지 않아 사상도 본받을 것이 없다는 생각이 들었습니다. 감상적인 시를 엮어 『백조』잡지를 창간하고 토월회라는 연극 단체에 가입하여 신극 운동을 하였지만 모두 오래 가지 못했습니다. 五技而窮(오기이궁)이라더니 이것저것 재주만 많고 어느 분야 하나 집중력과 끈기를 보인 것이 없구나 하는 비판마저 생기더군요. 그 뒤로도 불교며 민요에 관심을 보여 관련된 작품을 발표하기도 하였지만 뚜렷이 업적을 남긴 것도 아니어서 무엇을 써야 할지 몰라 고민이 되었습니다. "어느 한 분야라도 좋으니 투철한 작가 정신을 보여 다오. 그것 하나만 잡아 원고를 써 보겠다."하는 마음으로 관련 책과 자료들을 다 뒤졌지만 도저히 찾아지지가 않는 거예요. 마감 날짜는 다가오는데 큰일이 났지요. 잡지 창간과 연극 공연을 위해 많은 재산을 탕진하여 고향에 돌아오지도 못하고 떠돌았다는 일화는 처음부터 알고 있었지만 그렇게 탕진한 재산이 우리 문학계나 연극계에 기여한 바는 무엇인지 뚜렷이 나타나 있지 않으니 개인사가 안타깝기만 하였습니다. 부인에게는 미안하여 돌아가지 못하였을 텐데 바깥에서 여자를 만나 거기서 아이를 낳고 자식들에게 아버지 노릇을 하지 않았으니 결국 부인에게 더 미안한 일을 저지른 것이 아닌가 하는 생각도 들었지요. 그래도 아버지라고 폐결핵이 걸려 죽기 6개월 전에 본가로 모신 장남에 대한 애틋함만 컸고 "아버지는 우리들에게 연필 한 자루 사 주지 않았다."고 한 말이 뇌리에서 떠나지 않아 이런 사람을 미화하는 글을 써야 하는지 의문이 생겼습니다.

하루하루 시간은 가고 이젠 마감날조차 지나 불안한 시간이 흐르고 있었지만 원고를 시작조차 할 수 없었습니다. 여기저기 기웃거린 데만 많았지 딱히 이룬 것이 없는 작가라고 써 버릴까 하는 마음까지 먹고 있을 때였지요. 해방 후 근국 청년단에 가담했지만 건강이 허락지 않아 활동을 제대로 하지 못했고 해방을 기뻐하는 작품조차 한 편 남기지 못했으니 일찍 죽은 것이 원망스럽기까지 하였습니다. 이 모든 고민은 제가 '일제시대의 작가는 모두 작품이나 일생에 있어 투사의 면모를 가져야 한다.'는 완고함을 지니고 있었기 때문에 일어난 일인 줄 그때는 알지도 못했습니다.

무엇을 쓸까 고민하며 인터넷을 뒤지다 우연히 구효서 소설가에 대한 기사를 보게 되었습니다. 그 전날 어느 행사장에서 강연을 한 내용을 써 놓았더군요. 요지는 이런 것이었습니다. "우리나라가 민주화 시대를 맞아 사상적으로 자유로운 시대가 되었지만 문학 작품을 대하는 대중들의 시선은 아직도 독재 시대 때만큼이나 보수적이다. 80년대에는 저항문학을 하지 않으면 욕을 먹었고 90년대 들어서니 80년대의 좌파 문학은 문학도 아니라고 욕을 하였다. 이런 분위기 속에서 나는 어떤 글을 써야 욕을 먹지 않을지 고민했고 다양한 톤을 가진 작품을 창작하였다. 그래서 시체 검안서나 출판계약서, 보고서 등의 형식을 띤 실험적인 작품 「확성기가 있었고 저격병이 있었다.」를 발표하였다. 그랬더니 이게 문학이냐며 공격하는 소리들을 했다. 하도 지겨워 곱진한 글을 썼더니 그제서야 잘 쓴다고 하더라." 작가는 독자들에게 어지간히 데였던가 봅니다. 독자에 대한 원망을 느낄 수가 있지요? 구효서의 말을 듣고 저는 망치로 뒤통수를 맞는 것 같은 충격을 느꼈습니다.

구효서가 말한 보수적인 독자는 바로 저였습니다!!! 저는 농촌 사람의 고충은 생각지도 않고 아름다운 풍경을 위하여 초가지붕을 그대로 두어야 한다고 우기는 철부지였던 것입니다. 일제시대에 살았던 사람이라면 윤동주처럼 감옥에서 죽기를 강요한 것이지요. 물론 그런 사람이 영웅이지요. 하지만 모두가 영웅이 될 수는 없는 것 아닌가요? 내가 만약 일제시대와 전쟁을 겪었다면 과연 앞장서서 독립 운동을 하고 좌익이나 우익 어느 한 편에서 치열하게 사상을 펼쳤을까 생각해 보니 대답은 노노입니다. 그러면서 작가에게는 너무나 준엄한 잣대를 들이대었던 것이지요. 작가가 나서서 시대를 대변하는 활동을 하지 않았다고 어찌 그를 욕을 할 수 있다는 말입니까? 시대가 어떠하든 글을 쓰고 싶은 열망으로 자기 나름의 색깔로 작품 활동을 한 작가를 역사성이 안 보인다는 이유로 욕을 하면 안 되는 것이지요. 고고한 정신으로 여러 관심 분야에 대한 글을 남긴 홍사용을, 투사적인 활동을 하지 않았다고 욕을 한 제가 부끄러워 죽을 지경이었습니다. 구효서는 바로 저 같은 독자들을 꾸짖은 것이었습니다. 준엄한 잣대를 내려놓고 홍사용을 보니 어찌 그리 할 말이 많던지요. 가산을 탕진한 것이 미안해 고향땅을 밟지 않았지만 아들이 보고 싶을 때면 몰래 불러내어 같이 막걸리를 먹곤 했다지요. 그런 아버지의 정을 알았기에 연필 한 자루 안 사 준 분이지만 장남은 말년에 집으로 불러 가족들 곁에서 돌아가실 수 있게 했지요. 문학관이 개관을 할 수 있었던 것도 손자가 유품을 기증하였기 때문인데 그 유품들도 아들이 손자에게 물려주었기 때문에 고스란히 남아 있었던 것 아닐까요? 가산을 탕진하여 고생만 시킨 아버지지만 문학과 연극을 사랑한 마음을 존중하였기 때문에 유품을 고이 간직한 것은 아니었나 혼자 생각해 봅니다. 아들도 용서한 작가를 비판한 저는 얼마나 고루하고 보수적인 독자인지요. 앞장서서 독립 운동을 하고, 일제에 저항하는 글을 드러내 놓고 쓰지는 않았지만 주변 사람들은 홍사용이 청빈, 고고하고 강직한 성품을 가지고 있었다고 전합니다. 그런 그를 투사가 아니었다고, 창씨개명을 거부하지 않았다고, 감옥에서 비장하게 죽지 않았다고 욕을 하다니요. 제 세대가 앞장서서 데모를 하지 않았다고 혼이 나는 것과 마찬가지인 것이지요. 우리도 의식은 있으나 앞장서서 깃발을 드는 사람은 소수가 아니었습니까? 늦은 가을 지금은 마천루가 솟은 신도시로 변한 동탄에 있는 작가의 묘소에는 떨어진 밤송이가 몇 개 말라가고 있었습니다. 주워서 봉분 앞 상석에 놓고 올 때만 해도 부잣집에서 태어나 가난뱅이 떠돌이로 살다 간 그의 인생이 짠하다고만 생각하고 돌아왔는데 지금은 그에게 미안한 마음이 그득합니다. 나라를 사랑하고, 문학을 사랑하고, 고고했던 성품을 아니까요. 보수적이고 완고한 독자의 눈으로 그를 비판했던 나, 그는 나를 용서할까요? 아마 지하에서 "너도 그 시대를 살아봐라. 대놓고 저항하기 쉽지 않단다."라고 말할 것만 같습니다. 작가 뿐만 아니라 다른 사람들을 있는 그대로 보아주고 다양성을 인정해야 함을 가르쳐 준 구효서 작가에게 고마움을 전하고 싶습니다.

NUDE: 걸작 Tate전(展) 관람기

尹中一
woojee43@hanmail.net

영국 국립미술관 테이트 산하 4곳의 미술관 중에서 테이트 모던, 테이트 브리튼, 테이트 리버풀 세 곳의 소장품 중 인간의 몸(누드)을 주제로 회화 조각, 드로잉, 사진 등을 엄선한 원작이 서울에 왔다. 로댕, 르누아르, 피카소, 드가를 비롯하여 윌리엄 터너, 윌렘 드 쿠닝, 루이스 브르주아, 루시안 프로이드, 데이비드 호크니, 신디 셔먼, 사라 루카스 등 근현대미술 대표작가 66명의 작품 122점의 작품이 고스란히 우리 곁에 날아 온 것이다. 내가 보고 싶은 것은 오귀스트 로댕의 조각품 저 유명한 〈키스〉 오직 그 한 작품에 대한 유혹이었다. 실물 크기의 대리석 조각은 대체 몇 톤이나 될까. 〈키스〉는 그동안 유럽 밖으로 나간 적이 한 번도 없었는데 작년에 시드니에서 전시된 데 이어 올해 오클랜드를 거쳐 서울로 왔다. 그것도 바로 코앞인 우리 동네로 가져다 놓았는데 이런 행운이 또 있으랴 싶었다.

집에서 베란다 창을 내다보면 올림픽공원이 눈앞이다. 사무실을 오가는 길에도 올림픽공원 내에 위치한 소마미술관 간판이 저절로 눈에 들어온다. 거기 테이트 미술관 명작들이 전시된다는 광고 문구를 거의 매일 보게 된다. 가 봐야 한다는 결심은 확고한데 계속 미루며 실행에 옮기지 못했다. 2017년 8월부터 12월까지 5개월 간 특별기획전으로 열리는 누드 걸작 테이트 전은 열화 같은 성화에 한 달간 연장 전시된다고 한다. 사실은 관람하고 싶었어도 잠실롯데 문화센터 목요수필교실 30여명 회원들이 한참 전에 11월 셋째 주 야외수업으로 테이트 전시장을 관람하기로 결정하여 기다리기로 한 것이다.

"누드와 옷을 벗은 것은 다르다. 팬티를 벗었거나 슈미즈를 막 벗어던진 여성은 누드라고 할 수 없다. 누드가 품격을 갖추려면 순간적인 상태를 보여줘서는 안 된다. 누드는 아무것도 감추지 않는다. 감출 것이 없기 때문이다. 뭔가를 감추려고 하는 순간 음란해 진다. 실제로 아무것도 감추지 않아야만 더 잘 보여줄 수 있기 때문이다. 누드가 순수함을 유지하기 위해서는 개인적 특성을 들어내지 않아야 하며 너무 세부적이어서도 안 된다."라고 전시실로 연결된 흰 벽에 인쇄된 이 글은 누구의 표현인지 모르지만 누드를 잘 정의한 것 같다. 알몸과 누드라는 용어를 둘러싼 논의는 20세기 내내 있어왔다. 영국 미술사가 케네스 클라크의 저서『누드: 이상적 형태에 관한 연구』(1956)에는 "알몸이란 옷을 입지 않은 상태이며 누드는 질료가 형상으로 이행하는 가장 완벽한 예"라고 주장한다. 비평가 존 버거는 "알몸이 된다는 것은 자기 자신이 되는 것이다. 반면 누드가 된다는 것은 타자에 의해 알몸으로 보인다는 것일 뿐 자기 자신으로 인식되는 것은 아니다."고 한다.

나는 누드모델을 사진으로 많이 담아 봤다. 사진에서 모델의 조건은 젊고 풋풋한 이십대지만 둔부가 크고 풍만한 가슴과 각선미가 필수조건이다. 얼굴은 그다지 따지지 않는 게 정면보다 옆이거나 가려진 얼굴

을 선호한다. 하나 더 추가 한다면 머릿결이 장발이면 더욱 여성스러워
서 좋다. 모델은 사진가의 요청에 의해 다양한 포즈를 취하는데, 때로
는 설원에서 눈 위에 엎드리거나 겨울 바닷물에 들어가는 수고도 감내
해야 한다. 알몸과 누드의 차이는 성적욕망을 자극하느냐 마느냐의 차
이일 것이다. 사진모델도 그렇지만 회화나 조각이나 보는 사람의 성감
을 자극한다면 누드가 아니다. 그러니 누드를 그려내기란 사진보다 참
지난한 작업이다. 스탠리 스펜서(1891~1959)는 〈화가와 그의 두 번째
아내〉란 제목의 그림에서 화가는 자신의 성기를 노출하고 앉아 있고
그 앞에 가로로 다리를 벌린 아내는 반듯이 누워 팔을 올리고 있다. 살
갗의 색을 제대로 표현하기 위해 털을 벗긴 양의 뒷다리 살을 맨 앞에
배치했다. 아내의 유방은 크긴 하지만 탄력을 잃어 마치 물이 1/4쯤 채
워진 가슴만한 풍선을 배 위에 올려놓은 것 같다. 인디언 추장의 늙은
아내마냥 유두가 옆구리에 내려앉았다. 상상으로 그려진 그의 그림은
아주 사실적이어서 묘사가 디테일하다. 입을 꾹 다물고 안경 낀 모습으
로 아내의 알몸을 심각한 표정으로 내려다보는 그림이 도무지 외설스
럽지가 않다. 오히려 불편할 정도의 친밀감을 느끼게 하는데 도무지 무
슨 이유인지 모르겠다.

또 하나의 그림은 루시안 프로이드(1922~2011)의 〈헝겊 뭉치 옆에
선 여인〉이다. 프로이드의 누드는 오랜 관찰의 결과라고 한다. 그렇다
고 관찰한 것의 단순한 총합은 아니란다. "사람의 몸을 관찰하게 되면
어떤 것을 그림에 옮길 것인지 저절로 알게 된다. 팩트와 진실은 다르
다. 진실은 스스로를 드러내는 측면이 있다."라고 말한다. 여기서 드러
낸다는 말은 육체적인 것과 심리적인 것을 모두 아우르는 것이라 주장

한다. 작가가 얼마나 치열하게 대상을 바라보는가를 지적하는 말이다.

다섯 개의 방을 지나 드디어 실물크기의 조각 작품이 눈에 들어 왔다. 오귀스트 로댕(1840~1917)의 펜텔릭 대리석 작품의 〈키스〉다. 인생의 황혼기인 60세에 시작하여 4년 만인 1904년에 완성한 〈키스〉는 생전에 대리석을 사용해 실물 크기로 제작한 세 점 가운데 하나다. 여자는 남자의 목을 왼쪽 팔로 감싸 안고 오른 팔은 남자의 왼쪽 어깨를 잡고 아래에서 위를 바라보고, 남자는 오른 팔로 여자의 대퇴부를 네 손가락을 모아 잡고 엄지손가락은 가로 세워 가만히 누른다. 남자의 얼굴이 위에서 아래로 여자의 얼굴을 덮어 입을 포갠 일련의 포즈가 너무도 자연스럽다. 탄력 있는 가슴과 쭉 뻗은 여자의 각선미며 남자의 근육질이 살아 있는 하얀 대리석의 〈키스〉는 세계적으로 명작의 반열에 오르는 역작이다. 원래의 〈키스〉는 지옥의 문을 장식하고 있던 청동조각(높이74cm)이었는데 엄청난 인기를 끌자 로댕은 석고와 테라코타, 청동으로 여러 개의 소형 〈키스〉를 만들었다. 실물크기의 대리석(182.2x121.9x153cm)은 그 후에 제작된 것들이다. 유럽의 박물관이나 오래된 성당에는 인체를 조각한 아름다운 작품들이 비일비재다. 저 많은 조각품 중에 유독 〈키스〉가 사람의 마음을 끄는 이유는 누구나 공감하는 인간본연의 애정에 대한 진지한 표현이기 때문이다. 파리 로댕미술관에서의 〈생각하는 사람〉도 그랬지만 〈키스〉는 온몸에 전율과 함께 인간 능력의 무한함에 대하여 다시금 되새기게 했다. 불빛에 반사되어 윤이 나는 조각은 기법에 있어 쇠처럼 단단한 돌을 정으로 쪼고 사포로 갈아서 완성한 눈물겨운 노력의 결과이기도 하다. 한 작품을 4년에 걸쳐 완성하기란 정말 지난한 작업이다. 변변한 기계도 없던 그 옛

날 손으로 하나하나 완성한 노력도 그렇지만 이토록 살아 움직일 것만 같은 생동감이 넘치는 작품으로 완성한 로댕의 천부적 심미안에 그저 존경과 사랑을 보낼 뿐이다.

어느 작품이나 사진촬영을 금지했는데 관람객의 열화 같은 성화를 예감 했을까. 〈키스〉만큼은 실물크기의 사진을 벽에 붙여놓고 기념촬영을 허용하고 있었다. 그래도 가슴의 응어리가 조금은 풀리는 기분이 들고 미술관 측의 배려에 고마운 마음이 들었다.

흔적 없이 떠나리

　대한불교 조계종은 스물다섯개 교구사찰인데 제1교구 사찰은 조계사이며, 제7교구 사찰이 수덕사이고, 제15교구 사찰이 통도사이며, 제24교구 사찰은 선운사이다. 각 교구 사찰별로 더러는 수십 개의 부속 사찰을 거느린다. 기타 종파는 태고종, 관음종, 선각종, 원효종, 불승종, 일붕선교종, 보문종, 법륜종, 천태종 등이고 각 종파별로 수십 개의 사찰을 거느린다. 그리하여 우리나라 전체 사찰은 암자를 포함하여 2만 여 개에 이른다. 각 사찰별로 스님들이 종사하는데 우리나라 전체 스님 수는 대충 짐작으로 가름할 뿐이다.

　사람은 태어나면 모두가 죽음을 향해 살아간다. 스님도 마찬가지다. 저 많은 스님들도 죽음에 이르러 지내는 장례를 다비茶毘라 하는데 시신을 불로 태워서 유골을 추려 쇄골碎骨을 하고 산골散骨을 하던지 사리를 골라 봉안하기도 한다. 다비 이전에 치르는 장례의식은 고 문헌에 자세히 기록되어 있으나 정작 불로 태우는 다비식에 대한 기록은 남아 있지 않아 종파별로 다비식이 제 각각이다. 대표적인 것으로 합천 해인사는 석유 60L, 경유 80L, 참나무 장작 5톤트럭 2대, 참숯 20kg 20상자,

멍석, 가마니, 짚단, 짚발장, 광목, 순간접착제, 한지 등 기본 재료와 행사비용 및 손님 식대 등 기본적으로 3천만 원이 소요되고, 성철스님은 2억 원 이상 소요되기도 했다. 여기서 가장 많은 부담은 손님의 식대이고 그 다음이 화장 때의 재료다. 일반스님 특히 젊은 스님의 다비식은 비용 때문에 지역 화장장을 이용하고 유골은 산골 하는 것을 기본으로 한다. 그러면 이승에서의 흔적은 남는 게 없다.

해마다 두어 번 고향 언덕에 모셔진 부모님 산소에 간다. 그리고 가을이면 어김없이 벌초를 하는데 요즘 와서야 이게 좀 문제다. 아버님은 60년이고 어머님은 40년이나 된 봉분이다. 초창기엔 황소가 뿔로 봉분을 무너뜨려 밑둥에 대리석으로 둥글게 한 자 높이 띠를 둘러 무너지지 않게 하고 망부석도 세워 놓았다. 4형제 막내인 내 나이 일흔 다섯이 되고 보니 멀지 않아 십중팔구 부모님 산소는 무연고 묘지가 될 판이다. 그래 생각한 것이 아직 유골이 남아 있기라도 하다면 화장이라도 해서 그 자리에다 봉분을 없애고 다시 묻어 표지석이라도 세울까 싶다. 부모님 무덤이 무연고 묘지로 방치되지 않게 하는 건 막내아들인 내가 해야 할 책임이란 생각이 이즈음 간절하다. 내가 죽고 나면 나를 낳아준 내 부모가 방치되지 않고 덜 외롭고 그 자리가 깨끗하게 흔적으로 남았으면 싶다.

진시황은 불로장생을 위해 3천 궁녀를 동방으로 보내 불로초를 구하려 했다지만 누구나 태어나면 이승을 떠나기 마련이다. 사람은 죽어도 영혼은 저승에서 살아간다고 믿고 그 영혼이 저승에 잘 가도록 하기위한 문화가 장례이다. 그러나 상상하는 사후 세계도 종교와 문화에 따라 다르고 장례의식도 가지각색이다. 대표적인 것이 히말라야 산악지대 티벳의 조장鳥葬인데 시신을 토막 내어 새 먹이로 내 주는 것이다. 이렇듯 장례문화는 나라마다 다르고 지역마다 천차만별이다.

나는 죽으면 기필코 화장하여 외진 산속에 산골해도 그만이고 아니면 수목장樹木葬 정도면 좋겠다. 굳이 봉분을 만들어 누군가 찾아와 주기를 바랄 일은 아니라 생각한다. 풀숲에 가려 언덕인지 봉분인지 모를 곳에 누운 저 많은 원혼의 고절孤節을 생각하면 차라리 *레테의 강에나 묻히면 좋겠다 싶다. 오천년 역사와 더불어 이 땅에 머물다 간 저 많은 선인들은 대부분 흔적조차 남아 있지 않다. 흔적이란 반드시 소멸되기 마련인데 조금 더 오래 남은들 그게 무슨 대수랴. 우리 세대만해도 자식은 둘이 보편적이다가 요즘은 거의 하나가 대부분이다. 유교사상은 쇠퇴되었고 대가 끊긴 집도 많아 무연고 묘지도 늘어날 것이 뻔하다. 내가 행여 무연고 묘지로 방치된다면 그것은 쓸쓸하고 서러울 일이기 전에 스스로 방기한 책임이 뒤따르는 것 같고, 이 땅에 살았던 존재로서 후세 사람에게도 도리가 아닐 것이다.

*레테: 이승과 저승 사이에 가로놓인 망각의 강

소리에 빛깔을 담아

윤정희
junghee0312@hanmail.net

'띠리리리리리, 띠리리리리리',

알람소리에 나는 눈을 뜬다. 어쩌면 내가 가장 싫어하는 소리 일지도 모른다. 알람은 천둥 번개 소리, 두엄자리 들쭉들쭉 아무렇게 자라난 까마중 빛깔이다.

"소쩍 소쩍"

소쩍새 소리는 괜시리 나의 마음을 울적하게 만든다. 소쩍새 소리는 처량한 것이 홀아비 꽃대의 하얀 빛깔이다.

"후두둑~ 후두둑"

성미 급한 소나기 소리에 나는 당황하며 잠시 망설임으로 발길 돌릴 곳을 찾는다. 갑작스런 소나기 소리는 성난 파도의 파랑 빛깔이다.

"소로로~ 소로로~"

긴 수양버들 머릿결 흔들며 불어오는 바람소리는 가만히 나의 귀를 기울이게 한다. 수양버들의 속삭임 속에 숨어든 봄의 수다 소리는 새끼 병아리들을 닮은 예쁜 노란 빛깔이다.

"너는 왜 또 그랬니? 이렇게 했으면 더 좋겠구나."

한마디 듣는다. 분명 나를 위한 말임을 알지만 그래도 여전히 듣기 싫은 잔소리로 들린다. 잔소리는 가시 돋친 엉겅퀴의 자주 빛깔이다.

"이것 좀 해줘."

아무 때나 염치없이 시키는 심부름에 나는 기분이 상한다. 심부름은 앙칼진 들 고양이 소리, 아람 잃어버리고 혼자 뒹구는 밤송이의 삭은 고동 빛깔이다.

"이건 또 왜 이래?"

언제나 만족 없는 불평의 소리에 나의 몸속의 모든 기운이 내 몸을 거부하고 빠져 나간다. 불평은 상한 사과의 연한 회갈색 빛깔이다.

"안녕하세요. 보고 싶었습니다."

반가운 소리에 나의 얼굴에 화색이 돈다. 좋은 인사말은 신생아의 첫 울음소리처럼 감격과 희열을 선사한다. 감격의 소리는 이슬에 젖은 복숭아 꽃 수줍은 핑크 빛깔이다.

"고마워, 너를 믿고 있었어."

신뢰의 소리에 처진 어깨는 힘을 얻는다. 용기의 말은 계절의 여왕처럼 초록 빛깔이다.

"너는 당연히 할 수 있어"

격려의 소리에, 머물렀던 생각은 끝없는 열정으로 꿈을 일으킨다. 격려의 소리는 상큼하게 톡하는 레몬에이드 빛깔이다.

"하하하 까르르 깔깔"

근심 없는 웃음소리 기분 좋게 울리는 상쾌함이 활짝 핀 산나리의 빛깔이다.

세상에 있는 수많은 소리, 내가 살아가는 소리, 그 소리 위에 아름다운 추억을 덧입히며 예쁜 빛깔 빚고 살고 싶어라.

이 사람을 아십니까

사람을 찾습니다.

잃어버린 시점은 정확하지 않습니다. 잃어버린 장소도 기억하지 못하고요. 현재 그의 키는 175센티미터 정도 되었을 것입니다. 미남형은 아니지만 그다지 못나지도 않은, 딱 적정한 표현은 훈남형 입니다. 몸매는 운동으로 잘 다져졌습니다. 레이디퍼스트를 아는 매너 맨 이고요, 위트가 뛰어나 그와 함께 이야기를 하고 있으면 정말이지 시간이 언제 지나갔는지 모를 정도입니다. 슬픔을 함께 나누어야 할 자리에서는 같이 눈물을 흘려 줄 줄 알고요, 기쁨을 나누고 축하할 자리에서는 누구보다 행복한 미소로 즐거워하는 사람입니다. 한마디로 분위기를 잘 아는 사람이지요.

그는 때로는 바보처럼 행동하기도 합니다. 또 때로는 선생님처럼 잘 안내하기도 하지요. 어느 때는 종잡을 수 없는 어린아이처럼 정말 순수합니다. 이렇게 행동하는 이유는, 그는 연약하고 나약한 사람들을 사랑으로 위로하고 용기를 주며 감싸 줄 줄 아는 마음이 넓은 사람이거든요.

그는 위트 못지않게 풍부한 감성도 가지고 있습니다. 그는 책을 참 많이 좋아 합니다. 그는 책 속의 주인공과 쉽게 하나가 됩니다. 사실 그 점에 대해서는 좋은 점도, 나쁜 점도 있습니다. 주인공이 공포를 느끼면 그도 공포를 느끼고 주인공이 우울해 하면 그도 우울해 합니다. 그의 표정을 보면 그가 지금 어떤 내용의 책을 읽고 있는지 말하지 않아도 금방 알 수 있습니다. 주인공과 같이 웃고 울며 호흡을 같이 한다는 것은 좋으면서도 정말 힘든 일이기도 합니다.

그는 서점에서 책을 사고 집으로 돌아오는 길을 마치 무지개 구름다리를 걷는 기분이라고 했습니다. 책을 고르고 살 때가 가장 행복한 순간이라고 했습니다. 책을 사면 자신이 지식을 얻은 것 같은, 자신의 재산이 늘어 난 것 같은 기분이 든다고 했습니다.

그가 가장 좋아하는 날은 비 오는 수요일입니다. 수요일에 비가 오면 그는 아무것도 할 수가 없습니다. 마음에 애상이 떠오르기 때문이지요. 그런데 왜 좋아 하냐고요? 그가 어린 시절 혼자서 좋아하던 소녀가 비가 오는 수요일에 서울로 전학을 갔습니다. 그 후 소녀를 다시는 볼 수 없었지요. 하지만 단 한 번도 그는 소녀를 잊어 본 적이 없습니다. 소녀가 전학가기 전 남몰래 자신에게 주었던 초콜릿의 의미는 무엇이었을까? 혹시 소녀도 자신을 좋아 했던 것은 아닐까? 소녀가 이사 간 서울에 갔을 때 소녀의 집 앞까지 갔다가 용기가 없어서 그냥 돌아서 왔던 자신의 모습, 그는 수없이 되새겨 생각하고 후회하고 아파했답니다. 그래도 그는 가슴 아픈 애상이라 할지라도 소녀를 알았다는 것만으로도 행복한 사람입니다. 살아가면서 가끔씩 소녀를 회상 할 수 있음에 기뻐하며 감사하는 사람입니다. 그는 그런 사람입니다.

사람들은 그에게 나약하다고 핀잔을 주기도 합니다. 그러나 그는 결코 나약한 사람이 아닙니다. 기쁨을 기쁨으로 받아들이고 슬픔을 슬픔으로 느끼며 감추지 않고 표현하는 솔직한 사람입니다. 그에게는 대부분의 어른의 행동 속에 있는 내포가 없습니다. 그의 행동은 곧 마음입니다. 다른 것을 감추거나 담고 있지 않습니다. 사람들은 그를 속일 수가 없습니다. 사람들이 그를 속여도 그는 속았다고 생각하지 않기 때문입니다. 그는 항상 모든 것을 진실로 받아들입니다. 그렇기에 사람들이 그를 이기는 것이 아니라 결국엔 사람들이 그에게 지는 것입니다. 그는 순수한 사람이기 때문입니다.

그에게는 한 가지 아주 큰 약점이 있습니다. 그는 심한 길치입니다. 그는 여러 번 같은 길을 반복해서 걸어도 늘 새로운 길을 가는 사람처럼 신기해하고 새롭게 여깁니다. 그와 함께 길을 걷다보면 참 많은 이야기들을 듣게 됩니다. 길가에 우두커니 피어있는 풀꽃도 그의 이야기를 듣고 보면 참으로 아름답지 않은 것이 없습니다. 또 있습니다. 그는 어느 길이든 그 길 속에, 그 길만이 간직하고 있는 많은 사람들의 발자국 소리를 들려줍니다. 100년 전에 1000년 전에 그 길을 따라 친구를 만나고 과거를 보러가며 삶을 위해서 부지런히 등짐을 짊어지고 지나갔던 많은 사람들의 발자국 소리를 듣고 그들의 삶의 이야기를 엿보게 됩니다.

그와 길을 함께 걸은 날 밤에는 반드시 꿈을 꿉니다. 내가 어여쁜 새 색시가 되어 꽃가마를 타고 꼬불꼬불 산언덕빼기 좁은 길을 돌아 조금 앞서가는 신랑의 말을 따라 시집을 가는 꿈입니다. 혹시 그도 나와 같은 꿈을 꿀까요? 그랬으면 좋겠습니다.

지금 그는 어디에 있을까요? 무엇을 하고 있을까요? 그를 잃어 버렸습니다. 그는 이런 사람이었는데… 그도 나를 찾고 있을까요? 혹시 내게로 돌아오는 길을 잃어버려 헤매고 있을까요?

　그를 알고 계신 분은 제게 연락을 주시기 바랍니다. 그가 어디에 있는 지만 알고 있어도 상관없습니다. 오랜 세월 그를 찾아 헤매었지만 찾지 못했습니다. 그를 만나면 다시는, 소중한 그 사람을 절대로 잃어버리지 않을 것입니다. 이런 사람을 알고 계시면 꼭 연락 주시기 바랍니다. 연락을 주시는 분에게는 후히 사례를 하겠습니다. 끝까지 저의 광고를 읽어 주셔서 감사합니다.

보들레르 여행

이영숙
llyyss0302@hanmail.net

사라져 다시는 돌아오지 않는 시간들 속에, 아주 작은 여행의 기억들이 있다.

프랑스 시인 보들레르의 여행에 대한 느낌이 강하게 내 기억 속에 남아있다. 그는 어렸을 때부터 늘 불편했던 자신의 집보다, 여행을 하는 잠시 머무는 곳에서 더 편안함을 느꼈다고 한다. 아버지가 여섯 살에 돌아가시고 의붓아버지의 엄격한 생활방식을 따라야 했던 그는, 가정의 공포라는 무시무시한 병과, 아주 어렸을 때부터 외로움에 시달렸다. 그는 프랑스를 떠나 공포스러운 일상이 기억나지 않는 다른 곳, 날씨가 더 따뜻한 곳, 질서와 아름다움, 호사와 고요, 쾌락이 있는 곳을 꿈꾸었다. 그는 평생 여행을 하고 싶어 했지만, 막상 여행지에 도착하면 무기력과 슬픔을 떨쳐 버릴 수 없었다고 한다.

초등학교 때였다. 소풍을 가면, 너무 설레어 잠이 안와 날밤을 새곤 했다. 엄마는 김밥과 찐계란을 싸주셨다. 그때는 주로 왕족들의 무덤인 서오능, 동구능으로 소풍을 갔다. 사실 어디로 가든 관심이 없었다. 나의 관심사는 오로지 김밥과 찐계란. 특히 김밥을 다 먹고 나면, 포만감과 함께 소풍이 다 끝나버렸다는 공허감이 밀려왔다. 보물찾기니 오락시간이니 이런 것들은 그저 시들하고, 따분하기만 했다. 그렇지만 소풍은 공부를 안 하는 날이라 항상 기다렸다.

또 한 가지 기억나는 여행이 있다. 고등학교 때, 해양훈련을 갔을 때 일이다. 북평으로 떠나기 전에 동대문운동장에 있는 풀장에서, 체육선생님의 수영지도를 받았다. 지금은 양양까지 1시간 반이면 간다지만, 그 시절의 동해는 아주 먼 곳, 내가 태어나 처음 가보는 곳이었다. 동해에 간다는 기대감에 들떠, 풀장에서 머리를 물속에 박고 물장구를 치며 깔깔거리며 놀았다.

드디어 동해에 도착했다. 대책 없이 퍼붓는 햇볕 때문에 해수욕장의 모래는 불같이 뜨거웠다. 슬리퍼도 없이 맨발로 달궈진 모래를 밟으며 백사장을 가로질러 바닷물까지 가는데, 푹푹 빠져 뛸 수도 없고 천 릿길이었다.

막상 그렇게 원하던 바닷물 속에서 수영을 하니, 하고 싶었던 일이 다 이루어진 듯했지만, 역시 이 여행도 부질없다는 생각이 꼬리를 물기 시작하였다. 아마 사춘기를 지나고 있었는지 모른다. 게다가 양 갈래로 머리를 땋고, 항상 마음속으로는 우울해 있는 나에게 교감선생님은 "넌 꾸냥 같다"며 볼 때마다 놀린다. 속이 부글부글 끓었다. 하기는 수십 년 후, 베이징여행 때 버스 안에서 나와 비슷하게 생긴 중국 여인들이 걷는 모습을 볼 수 있었으니, 아주 틀린 말은 아니었나 보다.

썬크림도 없던 시절에 내 얼굴은 몹시 검게 그을었다. 해마다 아주 더운 여름, 7월 백중날이 아버지 생신이다. 하필 동해안에 다녀온 지 얼마 안 된 무렵이라, 나의 모습은 허물이 벗겨져 얼룩덜룩, 친척들이 나를 못 알아 보곤 "쟨 누구야?" 하였다. 괴물 같은 나를 거울로 보며 부끄러워 죽고 싶었다. 그 후 한여름의 바닷가에 다시는 가지 않았다.

　그렇다고 많은 시간이 흐른 지금의 내가, 여행을 싫어하는 건 절대 아니다. 오히려 여행지에서의 나를 아무도 모른다는 것을 몹시 즐긴다. 그런데 스쳐 지나가는 자연 풍경에는 별로 관심이 없는 나는, 그곳에 사는 사람들의 생활이 궁금하다. 진득하니 늦잠도 자고 어슬렁거리며 걸어 다니고 싶은데, 보통 패키지여행은 수박 겉핥기식으로 훑어 바쁘기만 하다는 것이다. 한때 원주민처럼 살아보는 여행이 유행인 때가 있었다.
　나도 내 마음이 끌리는 곳이면 어디든 아예 눌러 앉아 돌아오고 싶을 때까지 살아 보는, 그런 여행을 꿈꾼다.

비극과 신비의 아우라

"안녕하세요 별일 없죠"라는 인사를 건네며 아파트 같은 동에 사는 그녀와 스쳐 지나간다.

그녀를 처음 본건 그녀의 딸이 말기암이라 기도를 해주러 그 집을 방문했을 때였다. 집은 무척 정돈이 잘 되어 있었으며 집 내부가 하얗게 보일 정도로 환하고 정갈했다. 그녀는 젊은 나이에 남편을 잃은 상태에서 또 딸이 시한부라는 비극적인 상황에 온 동네 사람들이 안타까워 하고 있었다. 그럼에도 불구하고 그녀의 목소리는 씩씩하고 기죽지 않았으며 무척 친절했다. 그녀 딸의 장례식은 "세상에 그렇게 젊고 예쁜 처녀가 쯧쯧쯔" 하며 모두들 슬퍼했다.

그녀와 어떻게 가까워졌는지는 기억이 나지 않는다. 내가 그녀를 처음 봤을 때 그녀에게서 뿜어져 나오는 아우라에는 비극과 신비가 혼재해 있었다. 언제부턴가 그녀의 집을 내가 들락날락하고 있었다. 그녀의 군더더기 없는 공간정리를 내가 감탄하면서 "이 집에 왔다 우리집에 가면 더 지저분해 죽겠어" 하면, 도도해 보이면서도 착한 그녀는 땀까지 뻘뻘 흘려가며 우리 집 화단에 아이비도 심어주고, 가구배치도 도와주며 정말 살갑게 굴었다. "가끔~ 뭐하세요? 바쁘세요? 우리 집에 오세요"해서 가면 양주나 와인과 함께 거나한 저녁식사를 차려주곤 하였다. 긴 시간을 딸에 대한 추억과 마음 아팠던 얘기를 끝없이 풀어 놓았다. 나의 역할은 같이 슬퍼할 뿐 할 말은 없었다. 독한 양주를 과음한 다음날, 빌빌거리고 있는 나를 차에 태우더니 아구탕집 주인에게 아구탕을 얼큰하게 끓여달라고 하여 같이 숙취를 풀었다. 능력 있어 보였고, 거침없는 그녀와 함께라면 어디든 맘 놓고 갈 수 있을 거 같았다.

"자긴 왜 그렇게 착한거야" 하면 "아뇨 저 안 착해요" 하는 거다. 안 착하다고? 하물며 그녀의 집에는 장농을 놓지 않고 세탁소처럼 천장에 행거를 설치하여 옷정리를 했는데, 먼지도 하나 없어 보였고 가정집에서, 기다란 막대기로 높은 천장에 걸려있는 옷을 내리는 것도 기발해 보였다. 나도 장농을 버리고 그녀의 집처럼 정리하고 싶었지만 우리 집은 장농이 있어도 먼지가 풀풀 날리는데, 난 도저히 장농을 없앨 수는 없었다. 그녀의 승용차는 소나타지만 옵션을 그랜저 급으로 하였다. 겉은 소나탄데 속은 그랜저. 그녀의 자신감이 고급지고 신선해 보였다. 하여튼 그녀의 모든 것은 빛이 났다. 차에 나를 태워 어디든 상관없이 차에서 계속 자신의 슬픈 얘기를 하며 맛있는 것도 먹고 쇼핑도 하며 돌아 다녔다. 입지도 않은 명품 옷들을 맞으면 입으라고 내놓질 않나, 평범한 서민으로 살아온 나의 영혼을 그녀가 접수하였다. 말하는 사이 사이 인도 안 가실래요? 이 말을 반복해서 들었으나 감당이 안 되어 못 들은 척 하였다. 그녀에게 영혼이 팔린 나는 어느 날인가 "인도나 갈까 따분한데" 이런 생각이 드는 거다. 그녀는 기다렸다는 듯이 당장 인도 여행을 결정하였다.

온통 카레 냄새로 뒤덮인 인도. 버스투어를 하면서 그녀의 태도가 변했다. 나도 약간의 변덕은 있지만 이 정도는 아닌데. 그렇게나 싹싹하던 그녀는 말도 잘 안하고 침울해 보였다. 슬픈가? 그녀의 슬픔을 위로해주는 내가 할 수 있는 일은 그녀의 얘기를 수동적으로 들어주는 거밖에 없는데 말도 안하니…. 그녀에게 푹 빠져있던 그때의 나는, 피곤해? 괜찮아? 무슨 일 있어? 왜 말을 안 해? 이런 말도 건넬 여유가 없었다. 무력감에 시달렸다.

여행이라는 게 샤워를 하고 룸메이트와 침대에 누워, 이 얘기 저 얘기 하다가 누군가 먼저 잠들면 자면 되는데, 그녀는 단호한 말투로 내일 일정에 피곤하면 안 되니 잔다고 한다. 그렇게 배려 많던 그녀가 나의 의견은 묻지도 않고 이불을 머리끝까지 뒤집어쓰고 자버리는 거다. 자리 바뀌면 잠을 못자는 나는 어둠속에서 뒤척거리며 괴로워했다. 둘이 여행을 왔으면 화장실도 같이 가고 혹시나 길을 잃을까 서로 챙겨주고 하는 게 기본 아닌가? 지금에서야 말이지만 이런 나를 그녀는 아마 성가셔 했는지도 모른다. 그녀는 망아지처럼 어딜 돌아다니는지 찾을 수도 없었고 내 마음은 서운한 감정만 쌓여갔다.

"보이는 것을 맹신하지 말고 의심하라. 애착이 심하면 그 대가를 치른다." 맞다. 그때의 나의 처지가 누군가의 기쁨조였다가 싫증이 나서 버림받은 비참한 기분이었다.

쇼핑을 할 때 나의 룸메이트는 말도 안 되게 비싼 물건들을 마구 사들여 인도청년인 가이드를 비롯해 모두를 깜짝 놀라게 만들었다. 주변 사람들을 깜짝깜짝 놀라게 하는 재능이 있는 그녀는 쓰다 남은 거액의 달러와 인도화폐를 몽땅 인도 가이드에게 주니 그 인도 가이드는 벌어진 입을 다물지 못했다.

삼성 공항터미널에서 택시를 타고 집으로 오는데 그녀는 다시 배려 가득한 목소리로 "이번 여행 괜찮으셨어요?" 하는 거다. 나는 예측 불가능한 그녀로부터 정신을 차리지 못한 채, 차창 밖을 바라보고 있었다.

더운 나라에 있다 와서 그런지 우리나라는 으스스한 게 은근히 추웠다.

공세리 성당을 찾아서

ksn0227@hanmail.net

나는 이 날이 오기를 기다리고 있었다.

유난히 아기를 좋아하고 자식은 많을수록 좋다던 딸이었는데, 결혼한 지 5년이 넘도록 아기가 없었다.

언젠가 기도를 하고 왔다며 사진을 보내왔다. 아산 공세리 성당의 겨울 모습이었다. 잎들을 모조리 털어내고 나신裸身을 드러낸 고목나무 때문인지 성당의 분위기는 고요하지만 쓸쓸해 보였다. 구름 한 점 없는 파란 하늘 속으로 첨탑이 머리를 박고 있는 붉은 벽돌의 본당은 세월만큼이나 고풍스럽다. 거칠 것 없이 드러난 새끼 잔가지들은 어미뿌리가 쏘아 보낸 물줄기 덕분인지 탄탄한 생명력이 느껴지고 당당해 보인다. 그 당당함이 좋았다. 설사 아기가 없더라도 딸아이가 당당하게 살기를 바란 것일까. 기도는 내 신앙의 대상을 향해 하면서도, 핸드폰 바탕화면에는 공세리 성당의 사진을 깔아놓고 폰을 열 때마다 묵상심고心告를 하곤 했다.

오늘은 손자가 태어난 지 1년여 만에 공세리 성당을 찾아 나섰다. 너무 늦은 감이 있지만, 그건 어린 자식에게 무리가 될까봐 조심하는 부모 마음이었다. 이 성당은 원래 충청도 일대에서 거두어들인 세곡稅穀을 저장하던 공세貢稅 창고였는데, 허물고 다시 지었다고 한다. 차문을 열자마자 수령이 몇 백 년은 되었음직한 나무들이 한눈에 들어온다. 오가며 내 아이는 이 나무들에다가 대고 수없이 속내를 보였을 터, 굵직한 허리를 하고 있는 나무들은 이미 모든 걸 다 알고 있다는 듯, 진초록 잎들의 몸짓이 예사롭지 않다. 시선을 위로 향한다. 정말 하늘 높은 줄 모르나 보다. 그동안 내 아이의 소망과 절망을 합하면 저 만큼일까. 여러 차례 어려운 임신과 유산으로 몸과 마음이 황폐해져 가고 있을 때, 사위는 아내를 위로하려고 이 성당에 데려 온 모양이었다. 아내만 원할 뿐 자신은 아닌 것처럼 하더니만, 만약 아기를 낳지 못했다면 도대체 이 사람은 무슨 낙으로 살까 싶을 만큼 아기에게 바치는 정성이 지극하다. 본관을 향해 천천히 계단을 오른다. 십자가를 달고 있는 뾰족한 첨탑이 보이기 시작하자 내 가슴은 뛰기 시작했다. 보고 싶던 연인을 처음 발견한 순간처럼 떨렸다. 사진이지만 하루에도 수십 번씩 보던 그곳을 실제로 마주하는 순간이었다.

유월의 녹음 우거진 성당은 사진보다 훨씬 풍요롭고 여유로워 보였다. 아기를 품에 안은 딸 내외의 마음도 꼭 이럴 것만 같았다.

손자를 얻은 기쁨이 아니라도, 딸 내외와 함께 성당에 오기를 바랐던 이유가 또 있었다.

딸과 사위는 결혼을 약속하고 식을 올리기 전에 서울에 있는 성당에서 혼배성사를 하고 싶어 했다. 엄마는 시간이 되면 오셔도 좋고, 아니면 둘이서만 해도 좋으니 신경 쓸 일은 아니라고 했다. 말은 그렇게 했지만 엄마가 오기를 어찌 바라지 않았을까. 두 사람의 결합을 좋아했던 나 역시 가서 축하해 주고 싶은 마음이 왜 없었겠는가. 다만 마음 속의 욕심 하나가 발목을 잡았던 거다. 그때만 해도 그 얘는 천주교가 좋다고는 했지만, 성당엘 나가는 것도 아니었기에 이왕 종교를 가지려면 나와 같은 종교였으면 싶었던 거였다. 나도 기실 대학 다닐 때 세례까지 받긴 했어도 교회에 나가지 않고 있다가, 어머니가 돌아가신 후 원불교로 돌아섰기 때문에 여지를 남겨두고 싶었던 것이다.

종교 생활의 시작은 순전히 어머니에 대한 사랑 때문이었지만, 시간이 흐를수록 마음은 어머니에 대한 고마움으로 변해갔다. 모습만 변화할 뿐 본질의 세계에서는 생멸도 가감도 없다는 자연의 이법理法을 사계절의 순환에서 찾아보고, 생활을 하면서는 '인과因果가 이렇게 오고 가는구나' 사람들의 관계 속에서 느끼기도 했다. 비록 좁쌀 만큼이지만, 늘그막에 철이 든 게 있다면 어머니의 덕이지 싶어 여지는 더 절실했었다.

그런데 내 아이는 달랐다. 지켜보면서 믿음의 뿌리가 상당히 확고함을 느낀다. 인생의 중요한 순간만큼은 제가 믿는 신 앞에 확실한 족적을 남기려하고 있지 않은가. 딸아이는 변함없이 엄마의 종교를 배려해 주면서도 한 가닥 자신의 신념은 놓지 않았다. 종교는 자유라는데, 나와 같은 궤도의 변화를 탐했던 것은 어미의 지나친 욕심이 아니었던가 싶어 혼배성사 때 함께 해주지 못했던 것이 미안함으로 남아 있었다.

우리는 마리아상 앞에서도, 본관 안으로 들어가서도 감사 기도를 올렸다. 사위는 나와 딸아이가 가벼운 마음으로 자유롭게 감사의 마음을 풀어놓도록 배려를 아끼지 않았다. 아기의 상태를 봐가면서 우리 앞에 나타났다 사라졌다를 반복했다. 나는 내 아이가 가는 곳이면 어디나 함께 했다. 경내에 있는 순교자 현양탑顯揚塔에 분향도 하고, 순교자와 성직자들의 유해와 유물을 보관하고 있다는 성지 박물관에 가서 순교와 박해의 모습을 둘러보기도 했다. 반가운 이명래 고약도 만났다. 내가 어릴 때는 전쟁 직후라 종기란 흔한 것이었다. 아마 이명래 고약을 모르는 사람은 없었을 것이다. 신이 내린 선물이라고 했으니까. 바로 그 명약의 비법이 이곳에서 프랑스 신부님에 의해 소년 이명래에게 전수되었음도 알게 되었다. 예수님의 사형선고로부터 십자가를 지고 죽으며 묻히시는 과정을 14처에 담아놓았다는 십자가의 길을 걸으면서는, 혼배성사 때 함께 하지 못했던 당시의 심정을 솔직하게 이야기 했다. 딸아이는 잊고 있었다며 활짝 웃는다.

숙제를 풀고 난 듯 마음이 가벼워진다.

우리나라에서 가장 아름다운 천주교 성지이면서 많은 드라마와 영화의 촬영지라더니, 분위기에 흠씬 젖어든다. 수백 년 된 느티나무와 각종 수림으로 싸여있는 성당은 사계절이 다 아름다울 것 같다. 다른 계절에 또 오리라.

임빙아리

찾을 게 있어 인터넷에 접속하니, 한 손에는 냄비를 들고 다른 한 손에는 법전法典을 들고 있는 어느 여성의 사진이 보인다. 63세의 S구청장이란다. 호기심에 끌려 읽기 시작했다. 결혼 8년 만에 이혼한 후, 두 아이를 데리고 있는 돈을 다 털어 H대학 부근에서 분식집을 했다. 사업은 아주 잘 되었지만 딱 1년 만에 접고 사법 시험에 도전하여 9전 10기, 10년 만에 48세 최고령합격자가 되었다. 56세에는 구청장에 당선되었고, 60세에는 재선에 성공했다. 못 가본 길이 아름답다고 했던가. 단호함과 강인함으로 투철하게 자신의 삶을 살고 있는 S구청장이 아침 햇살처럼 신선하게 다가온다. '난 그동안 뭘 했지?'하는 생각이 얼핏 스쳐 지나가면서 오르지 못할 산처럼 느껴진다.

어려서부터 밖으로 싸돌아다니기를 좋아해서 '싼돌이'라 불리었으며 머슴애들하고만 놀았단다. 자치기도 정말 잘 했고 웅변도 잘 했다고 한다.

유년 시절의 나와는 사뭇 다르다.

어느 새 나는 어린 시절 속으로 시간 여행을 하고 있다.

어머니는 나를 '임빙아리'라고 불렀다. 아마 얼병아리를 전라도 사투리로 그렇게 부르지 않았나 싶다. 사전에 보면 얼-은 접두사로 '덜된' '모자라는'의 뜻이다.

우리 때만 해도 유교적 분위기가 많이 남아있어서인지, 부모님은 여자는 온순하고 조신해야한다고 가르쳤다. 여자가 앉았다 일어난 곳은 정갈해야 한다며 정리정돈을 강조했고, 웃을 때나 말할 때도 조용하기를 당부했다. 그렇지만 이것만이 다가 아니었다. 자기주장이 없다거나, 야무지게 일 처리를 못해 뒷손이 가게 하면 지청구 감이었다. 한마디로 외유내강을 꿈꾸신 거다.

유난히 손님 왕래도 잦고 식사 대접에 교통비까지 챙겨드리던 때라, 일손이 부족하면 어머니는 어린 내게 음식 나르는 일을 곧잘 시켰다. 음식을 더러 흘리기도 하고 물을 쏟기도 하면 "저런 임빙아리 같으니라고! 쯧쯧~" 하셨다. 나는 임빙아리가 무슨 뜻인지 몰랐지만 알려고 하지도 않았다. 그저 어머니가 하는 말씀이려니 했다. 돌이켜 생각해 보면, 천식으로 건강에 자신이 없었던 어머니는 당신이 없을 때를 대비해서 누가 보든지 온전한 자식으로 키우고 싶었던 거다. 그럴 때마다 임빙아리는 양에 차지 않은 맏딸을 꾸짖는 유일한 꾸지람이었다. 게다가 병약한 어머니를 닮아서인지 초등학교 2학년 때는 결핵을 앓았다. 거의 1년 동안 혼자 병원에 다니며 주사를 맞았고 여름만 되면 밥맛이 없어 피골이 상접했다. 임빙아리임에 틀림없었다.

나는 머슴애들 놀이는 하려 하지 않았다. 부모님이 남녀가 유별하다며 차별을 강조했기 때문이다. 무엇보다 나는 머슴애들이 싫었다. 한번은 이런 일이 있었다. 어머니는 언제나처럼 내 머리를 양 갈래로 곱게

땋아서 끝을 빨간 리본으로 묶어주셨는데, 나는 학교에 안 가겠다고 끝까지 버텼다. 머슴애들이 자꾸 내 머리를 획 잡아당기고 도망치기 때문이었다. 그럴 때면 나는 눈을 있는 대로 흘겨만 줄 뿐 쫓아가 떼려줄 생각도 못했다.

외할머니는 언제나 내편이었다. 할머니는 울고 있는 내 손을 잡아끌고 학교에 가시더니 교단에 올라가 탁자를 손바닥으로 쾅쾅 내리쳤다. 교실은 순식간에 조용해졌다. 나는 깜짝 놀랐다. 여태껏 내가 알고 있는 할머니의 모습이 아니었다.

"어떤 놈이 우리 순허디 순헌 상남이를 못 살게 했냐! 누구냐 이놈들! 나와 봐라 가만 두지 않을 테다."

우리 할머니가 교단 위에서 저렇게 큰소리를 지르리라고는 상상하지 못했다. 더구나 교단이란 선생님이 서 계시는 곳이 아닌가. 할머니의 찌렁찌렁한 목소리는 머슴애들의 장난기를 완전히 제압해 놓았다.

할머니는 여름방학이 되면 나를 시골 이모 댁으로 데리고 가 익모초를 뜯어다가 생즙을 내주셨다. 쓰디쓴 익모초를 순순히 마실 리 없다. 할머니는 입맛 나게 하는 데는 익모초가 선약이라며 사탕 하나를 들고 나를 꼬드기셨다. 간식거리라고는 감자와 고구마가 전부였던 시절, 사탕 한 알은 아무리 쓴 것도 마다하지 않을 만큼 유혹적인 것이었다. 그 하나는 어디선가 끊임없이 나왔다. 나는 사탕 한 알에 넘어가 여름 내내 주시는 대로 받아 마셨다.

또 할머니의 이런 모습도 잊을 수 없다. 부모님은 아버지의 발령지로 옮겨 다녔고, 우리 4남매는 할머니가 돌봐주셨다. 할머니의 고구마 줄기 김치와 파와 갓을 함께 버무린 김치는 갓의 알싸한 맛으로 인기였다. 고기가 귀한 시절이라 오빠 말대로 돼지가 장화를 신고 살짝 스쳐 지나가버린 김치찌개지만 연거푸 며칠을 먹어도 질리지 않았다. 한 여름에 닭이라도 한 마리 삶으면 몸보신 하는 날이다. 냉장고도 없던 때라 한 대접씩 먹고 남으면 그것을 건사하는 데 정성을 다하셨다. 닭고기를 좋아하는 지네는 행주 냄새를 싫어한다며, 채로 덮고 행주를 걸쳐서 물에 채워놓고 삼베 고쟁이 바람으로 평상에 앉아 부채질로 냉장고를 대신하시던 모습이 어제 일인 양 눈에 선하다.

이제 그 임빙아리는 손자 다섯을 둔 할머니가 되었다. 자식 셋을 쑥쑥 낳아 건강하게 기른 것도, 나이 칠십이 되도록 이만큼 건강을 유지하며 사는 것도, 모두 할머니와 어머니의 덕이 아니던가. 그 뿐이랴. 자식 셋을 맡기고 남편은 먼저 세상을 떠났지만, 혼자서 짝 맞춰 할머니가 되었으니 내 할 일은 다 하지 않았는가. 그거면 됐지, 잠깐이지만 엉뚱한 생각은 왜 한 걸까.
다른 사람을 부러워한다고 절대로 그 사람이 될 수는 없다.
지금의 나는 순간순간 마음이 시키는 대로 행동에 옮긴 결과물이다. 선택이 우연히 된 것 같지만 사실 선택은 자신의 성향이며, 성향이란 타고난다고 하지만 어찌 보면 오랫동안 이어온 습관에 의해 만들어지기도 한다. 같은 상황에서 다른 선택을 할 수밖에 없는 이유다.

〈일흔에〉의 저자 메이 살톤은 어느 강연장에서 말했다.
"지금 저는 제 인생 최고의 나날을 보내고 있습니다. 저는 나이 드는 것이 아주 좋답니다."
"나이 드는 게 왜 좋지요?"라고 누군가가 묻자
"저는 지금 그 어느 때보다도 본연의 모습에 가깝기 때문입니다. 마

음속의 갈등도 적지요. 지금 저는 더 행복하고, 더 조화롭고, 더 강인합
니다."라고 대답했다.

　다시 내게로 돌아온다. 내 나이 일흔에, S구청장을 부러워하는 것은
어찌 보면 어불성설이다. 그러나 스쳐지나가는 생각까지 어쩌랴. 메이
살톤이 누리는 인생 최고의 나날은 나이를 먹는다고 거저 되는 것은 아
니다. 나도 본연의 모습에 가까워지기 위해 공들이는 것이 급하면서도
더 자연스런 일일 게다. 본연의 모습은 어떤 것이며, 어떻게 공을 들여
야 할까 생각 중이다.

제3장

내 삶을 수선하다

강귀분
박경옥
안병옥
김정태
함정은
조경숙

당신의 이름을 지웁니다

강귀분
boon0416@naver.com

남편이 떠난 지 일 년이 되어간다. 나는 아직도 유품을 정리하지 못하고 있다. 그가 떠난 것을 못 견뎌서도 그의 그림자라도 붙잡고 싶은 안타까움 때문도 아니다. 살아생전 데면데면 살더니 가고 나서 왜 그를 놓아주지 못하는 지 내 감정의 민낯이 나도 낯설다. 그의 유품을 남김없이 내다버린다는 것은 한줌의 흙으로 땅에 묻힌 사람을 한 번 더 집 밖으로 내 쫓는 것 같아 머뭇거리고 있다. 언젠가 세월이 가고 무심해지면 그때 정리하리라. 그와 살았던 날들을 추억으로 덤덤하게 회상할 수 있을 때까지 그대로 두자. 서두르지 말자.

올 여름 충청도에 유독 비가 많이 왔다. 산을 깎아 만든 남편의 묘지가 걱정도 되고, 새로 심은 잔디의 상태도 보려고 혼자 고향에 갔다. 경사가 심한 곳은 패인 곳도 있고 잡초와 칡이 뒤덮여 길을 분간할 수 없었다. 아픈 다리를 끌고 지팡이를 짚고 겨우 산을 올라 하얗게 늙은 여인이 묘지 앞에 앉았다. 잔디가 자라서 풀처럼 우거졌고, 어버이날에 아이들이 심은 카네이션과 금송화가 풀 속에서 살아남아 패랭이처럼 작아져 가련하게 꽃을 이고 있었다.

"그간 잘 있었어요? 그 동네가 너무 좋아서 신산한 세상살이는 기억 조차 없다구요? "김 장로 기죽이지 말라우!" 하고 늘 당신을 감싸던 A 권사님, 당신이 누님이라 부르며 좋아하던 분 만났나요? 며칠 전 내게 싱글끼리 밥 한 번 먹자! 하더니 아프지도 않았는데 갑자기 떠났어요. 내 사진 봤어요? L장로님 내외와 밥 먹으러 갔다가 모자 가게에서 모델 포즈로 사진을 찍고는 너무 멋있다며 당신에게 보내겠다고 했는데… 장로님 내외가 당신이 가고 나서 주일 마다 밥을 함께 먹자고 챙겨요. 부탁이 있어요. 나 좀 살짝 데려가라고 윗분께 부탁 좀 해줘요. 많이 아 플까봐 겁도 나고 더 살아도 세상에서 할 일이 아무것도 없네. 당신이 가면서 한 세상 행복하게 잘 살고 간다고 오직 내게 힘에 겹도록 짐을 지우고 아프게 한 것 한스럽다고 하더니 당신보다 먼저 가고 싶었던 내 희망마저 빼앗아 간 건 너무 한거야. 먼저 간 당신은 복 많은 사람인거 알아요? A권사님처럼 가고 싶어요. 착하게 살지도 않았으면서 바랄 걸 바라야지 뻔뻔하다고? 전 세계 사람을 다 물리치고 뽑힐 자신이 있느 냐고?

시댁은 백년이 넘도록 이곳에 터를 잡고 살았다. 남편이 나고 자란 동네를 산자락이 둘러싸고 조상의 산소들이 층층이 자리를 잡고 있는 아름다운 동네 뒷산에 그가 있다. 평생 추구하던 가치도, 이루지 못해 절망하던 꿈도, 부질없던 욕망도, 나와 아이들에게 많이 미안하다던 안 타까움도, 다 함께 묻혀 있다. 손수건으로 묘비를 닦았다. 그의 이름 밑 에 내 이름이 검은 테이프로 가려져 있다.

열매 없는 무화과나무 같은 나의 한 생도 곧 끝이 나면 한줌의 흙으로 쇠락한 명문가의 선산자락 그의 곁에 잠들겠지. 스물다섯 꽃 청춘에 소문난 명문가의 종부의 자리가 얼마나 무서운 줄도 모르고 시집을 갔다. 목숨을 걸만한 사랑을 못 만날 바에야 그깟 사랑이 별것인가? 죽고 못 살 것 같았던 사랑도 얼마 못가 원수로 돌아서는 것 수없이 보았는데 사랑으로 사는 이가 몇이나 되느냐고 자식 낳고 정으로 사는 것이 인생살이라고 생각을 했다. 나의 어리석은 무모함이 얼마나 많은 꿈을 접어야 했고 험난한 세월을 살아내야 하는지 꿈에도 몰랐다. 험산 준령 같은 시아버지가 평생 쌓아놓은 소중한 유학儒學의 가치와 삶의 철학 앞에 종부가 감히 다른 종교를 품고 들어오다니…. 일 년에 열 세 번의 제사. 팔 남매의 종교가 다 각각인 모든 종교의 집합체 같은 집안에 종부가 홀로 감당하기 힘든 나날에 교회에 엎드려 울던 날이 어제 같은데. 백발이 되어 초점 없는 시선으로 멍~하고 하늘을 올려다본다. 스물다섯 내 청춘도 모였다 사라지는 구름처럼 산산이 흩어졌다.

병약한 독자에게서 태어난 첫 손자. 손자를 낳아준 며느리가 너무나 고마워 논 세 마지기 값의 재봉틀을 선물한 할아버지의 기쁨의 눈물… 가문의 기다림과 축복 속에 태어난 그를 유명한 작명가를 찾아 이름을 짓고 물려줄 적지 않은 재산과 가문을 빛내줄 손자의 입신양명을 꿈꾸며 출생신고를 했다는 이름이다. 그의 이름이 가장 먼저 교회에서 지워졌다. 주보와 헌금봉투와 요람에서 사진과 이름이 사라졌다. 은행카드와 핸드폰이 정지 되었다. 가족관계 증명서와 등본에서 그의 이름은 지워졌다. 모든 증명서에 나 혼자 남았다. 당연한 이 세상 정리가 너무 슬프고 무섭다. 평생 살았던 얼기설기한 판자 집은 다 부서지고 엄동에 오갈 데 없이 쫓겨난들 이보다 더 서러울까?

　그의 이름 밑에 새끼 감자처럼 조롱조롱 달려 있던 아이들이 짝을 찾아 떠나고 짐을 실어낸 아이들 빈 방에 앉아 훌쩍거리다가 어이없는 어미의 짝사랑에 휭~하게 뚫린 가슴을 스스로 쓸어내리고 위로했었지. 서류에서 아이들이 하나씩 이름이 지워지고 빈 칸이 늘어날 때 허탈했지만 한편 할 일을 다 했다는 뿌듯함이 있었는데 이제 남편마저 떠나고 나는 홀로 남아 독거노인이 되었다. 서류를 받아들고 심하게 떨리고 현기증이 일었다. 눈을 감고 한참동안 가만히 앉아 배멀미 같은 울렁거림이 지나가기를 기다렸다.

　"생전에 아름다운 꽃을 많이도 피운 나무가 있다. 해마다 가지가 휠 만큼 탐스런 열매를 맺은 나무도 있고, 평생 번들거리는 잎새들로 몸단장만 한 나무도 있다. 가시로 서슬을 세워 아무한테도 곁을 주지 않던 나무도 있지만. 지나간 모든 날들을 장밋빛 노을로 덧칠하면서, 제각기 흔적을 남기려고 안간힘을 다 하면서… 모두들 산비알에 똑같이 서서 햇살과 바람에 하얗게 바래가고 있다." 신경림 시인의 흔적이다. 나름 치열하게 최선을 다해 잘 살았다고 생각했던 지난날들이 그럴 듯 포장하고 장밋빛의 덧칠과 추한 얼룩 투성이. 잘못 산 흔적이었음을 사위어 가는 석양 앞에 서서야 깨닫다니.
　이제 그의 흔적들을 지워야 한다. 목소리. 머리 색깔. 발톱 모양까지 빼닮은 삼 남매와 성정까지 이어받은 손자를 보고 있으면 어찌 잊혀 질까. 정녕 잊고 살 수 있을까? 한편 영영 잊혀 질까 겁도 난다.

반세기가 넘도록 그와 살았던 정한情恨을 이대로 보듬고는 후회와 자책으로 심장이 조여 드는 통증 때문에 살 수 없을 것 같다. 살 만큼 살고 헤어지는 이별인데 이렇듯 심한 아픔일 줄은 당하기 전에는 몰랐다. 나는 그를 멀고 먼 아득한 추억 속으로 보내야 한다. 석양이 붉게 물 든 갠지스 강 에서 시신을 태우는 장작불 앞에서 불꽃에 휘날리던 검은 사리가 씻김굿을 하는 무녀의 색색의 옷 자락인양 슬프도록 아름답던 여인. 손끝에 닿은 극락을 붙잡아 간절하게 망자의 혼을 불러 내여 열반에 들게 하려고 가슴에 숯불을 감추고도 의연하던 인도 여인처럼 그와 살아냈던 희로애락의 모든 기억들을 가슴에서 하나씩 꺼내어 망각의 바다로 매정하게 던져야 한다. 고통스러워도 아파도 휘~이 휘~이 보내야 한다.

　돕는 배필과는 이렇게 사는 것이라고 새벽이슬 같은 내 아이들에게 보여주지 못한 것 한스럽고 부끄럽다. 할 수만 있다면 잘못 산 내 흔적들도 깨끗이 지우고 싶다. 힘들어도 조금 남은 나날을 심상하게 무심한 듯 잘 살아내야만 한다. 그래야만 내 이름도 아이들이 편하게 지울 것이다.

여행! 가슴에 불을 지핀다

화장실에 자리를 잡았다. 남은 식재료들을 모두 꺼내 놓고 무슨 요리를 할 수 있나 생각을 했다. 캐나다에서 최초로 지어진 200년이나 된 호텔답게 모든 시스템이 수동이 대부분이다. 냄새가 적은 미소 된장 국물에 감자 어묵 참치 상추까지. 모두 넣고 국도 죽도 찌개도 아닌 것을 끓인다. 창문은 다 열어놓고 객실 카펫에 신문지를 깔고 둘러 앉아 캐나다의 마지막 만찬을 즐겼다. 따끈한 쌀밥과 함께 먹는 국적 없는 찌개국물의 환상적인 맛을 어찌 잊으랴.

2차 대전 중 처칠과 루즈벨트 대통령이 회담을 한곳. 노르망디 상륙 작전 회의가 열렸던 역사적인 샤토 프랑트낙 호텔에서 우리는 몰래 찌개를 끓여 먹고 평생 잊지 못할 맛의 추억을 만들었다. 캐나다 속의 파리라고 할 만치 주민이 거의 불어를 쓰고 택시 운전사가 영어를 못해도 어깨 한번 으쓱하면 손님이 알아서 수화를 해야 한다. 아기자기한 작은 상점들이 수공예품을 팔던 예쁜 가게들. 품격 높은 미술품의 거리가 인상 깊었다. 이틀을 머물렀지만 한 번 더 가고 싶은 곳이다.

딸아이가 지옥과도 같은 법학대학원 과정을 마치고 취업도 되어 벼르던 가족 여행길에 나섰다. 필라델피아를 떠나 나이아가라. 천섬을 들리고 몬트리올을 지나 퀘백을 돌아 보스톤에 하버드대학과 케네디기념관을 보고 뉴욕을 돌아오기로 하고 떠난 길이다. 보스톤에 관광을 오는 한국 사람은 하버드 대학을 빼놓지 않는다. 우리도 캠퍼스와 도서관을 둘러보고 손녀를 대학 설립자 하버드 동상 구두코를 만지게 했다. 만인이 만진 구두코가 주물이 벗겨져 노란 구리가 반짝거렸다. 구두코를 만지면 하버드 대학에 입학한다는 전설이 있다나? 이십 년 전 구두코를 만진 손녀딸은 서울에 있는 명문 여자대학에 들어갔다. 하버드로 유학을 갈 지도 모르니 아직은 구두코의 효험을 기다려 보아야 할 것 같다.

케네디 기념관에서 그의 대통령 취임사 육성이 우렁차게 흘러 나왔다. 전 미국인이 사랑했던 대통령. 그의 좌절된 뉴 프론티어의 위대한 꿈, 용기, 젊음이 안타까웠다. 지성과 품격을 갖추었던 재크린 케네디가 사진 속에서 기품 있게 웃고 있다. 세기적인 남자들과 사랑을 했던 화려하지만 지적 품위를 가졌던 아름다운 여자. 보석으로 장식한 드레스들과 약혼반지. 아끼던 소장품들. 전시물들을 돌아보며 시날 평야에서 하늘에 닿고자 했던 인간의 오만함이 일순간에 무너진 바벨탑의 허망함. 최고의 부귀영화를 누리고도 모든 것이 헛되다던 솔로몬의 고백을 생각 했다.

나는 여행하는 내내 속이 부글거리고 편치 않았다. 시원치 않은 내 위장은 패스트후드에 민감하다. 점심으로 먹은 햄버거가 탈이 나고 말았다. 갑자기 배가 아프고 설사가 쏟아질 것 같았다. 가도 가도 화장실은 커녕 은신해서 일을 볼 수 있는 풀밭도 콩이나 옥수수처럼 키 큰 농작물 밭도 없다. 잎새들이 땅에 붙은 땅콩밭도 저 멀리 있었다. 길옆에는 융단 같은 앉은뱅이 잔디에 민들레와 꽃다지가 노랑꽃을 점점이 수놓은 실크 카펫이 끝도 없이 깔려 있다. 은폐물은 돌멩이 하나도 없었다. 돌아앉으면 사위에게 엉덩이를 보이고 바로 앉으면 눈이 마주치고…. 에라 모르겠다. 시원하게 쏟고 나니 살 것 같았다. 저만치 그림 같은 하얀집 마당에 늑대 같은 개가 으르렁 거리고 거위들이 날개짓을 하며 꽥꽥 소리를 친다. 나는 도망치듯 차 속으로 뛰어 들었다. 미국에서 사위와 장모 관계는 우리의 고부관계 이상으로 기싸움이 팽팽한 긴장 관계라는데 나는 백주 대낮에 엉덩이 노출 사건으로 백 년 손님의 면전에서 체면과 품위가 비참하게 구겨졌다.

류시화 시인의 "하늘 호수로 떠난 여행"이라는 인도 여행기 속에 내 사건과 유사한 에피소드가 있다. 털털거리며 굴러가는 고물 버스에 갖가지 사람들을 지붕 위까지 빼곡히 싣고 북인도 비하르를 향해 달려가는 중이었다. 갑자기 설사를 참을 수 없었던 시인은 소리쳐 버스를 세우고 짐 보따리까지 끌어안고 풀도 나무 한 그루도 없는 황야를 십여 미터쯤 달리다가 한계상황에 이르자 바지를 내리고 말았다. 가냘픈 나무 한 그루에 의지하여 일을 보면서 너무도 창피하여 질끈 감은 눈을 애기 팔뚝만한 나무에 갖다 붙이고 볼일을 보았다. 눈을 뜨고 보니 수많은 관중들은 덥고 졸립고 무료하던 참에 특별한 별에서 사는 문명인인체 깔끔을 떨던 노르스름한 인간의 자신들과 똑같은 원초적인 짓거리에 저라고 별수 있나? 아침마다 갠지스 강가로 똥을 누러가는 우리를 내심 야만인이라 폄하하던 너도 맑은 공기를 마시며 먹은 것을 자연으로 되돌려 주는 즐거움이 어때? 문명인입네 폐쇄된 공간에서 똥 위에 똥을 누던 때보다 쏠쏠하지? 재미가 나서 죽겠다는 표정들이었다고 한다. 사리 입은 여인. 미간에 점을 찍은 처녀. 두건을 쓴 시크교 노인

등 다양한 구경꾼들의 깨소금 시선에 너무도 창피하여 공연히 돌을 하나 집어 멀리 힘껏 던졌다나.

아침에 한껏 차리고 썬그라스로 주름을 감추고 역사적인 샤토 호텔에서 우아하게 모닝커피를 마실 때 캐나다의 단풍같이 불타는 빨간 체크무늬 티셔츠의 반백의 사나이가 "마담! 뷰티풀! 웨어 프롬?" 호기심 가득한 눈으로 다가왔다. "아! 드디어 멋진 로맨스그레이가 시작된다!" 세계적인 관광도시 퀘백 올드씨티 분위기 아름다운 까페에서 초로의 동양 여인이 이국 남자와의 가슴 떨리는 로맨스. 다시는 못 만날 사랑인지도 모른다. 찬란한 무지개가 가슴에서 파도를 탄다. 남자의 엷은 라벤다향이 아련하게 코를 간지럽히는 순간 찻잔을 잡은 손에 황홀한 떨림이 오감을 깨웠는데… 몇 시간 만에 얄궂은 운명의 장난으로 스타일 다 구겼다. 뉴욕 일정을 취소했다. 청청했던 날들은 무심히 흘러가고 흐릿한 실버의 계절에 등 떠밀려 어느새 모진 비바람에 긁혀 후줄근한 낙엽이 되었네… 추억마저 희미한 이십년 전 일이다.

다리 인대가 늘어나 많이 불편했지만 한사코 엄마를 위로하러 간다니 따라나섰다. 제주 공항에 내려 렌터카가 있는 곳까지 먼 거리를 걷기 힘들어 아쉬운 대로 카트에 올라앉아 아픈 다리를 쭉 펴니 편안했다. 지나가는 이 마다 쳐다본다. "저러면서 따라 오고 싶을까? 저런 노인네까지 나서니 제주가 미여 터지지." 나는 짐짝처럼 카트에 앉아 사뭇 다르게 보이는 세상과 딱하다는 듯 쳐다보는 다양한 사람들을 도리어 구경하는 재미도 괜찮다. 젊었을 때는 저렇게까지 늙어서 무슨 재미로 살까? 흥하고 가엾다. 집구석에 처박혀 있지. 무슨 중요한 볼일이 있다고 자식들 성가시게 따라 다닐까? 라고 생각을 했다.

순순히 어두운 밤을 받아 드리지 마오.
노인들이여 저무는 하루에 저항하고 소리치시오
분노하고 분노하시오 죽어가는 빛에 대해
(딜런 토마스의 순순히 어두운 밤을 받아 드리지 마오)

걸을 수 있다면 약봉지를 들고라도 여행은 다닐 것이다.

여행을 떠날 때는 설렘과 들뜬 마음으로 짐을 싸고 돌아 올 때는 내 집이 제일이지. 하면서 푹 삶은 시금치가 되어 돌아온다. 그리고 짐을 풀자마자 "다음엔 또 어디로 가지?" 하고 생각한다. 모두가 돌아올 집이 있어 자꾸만 떠나려고 하는 걸까? 돌아갈 집이 없다면 그건 여행이 아니라 방황일 것이다.

(제목- 이기주 작가의 여행의 목적)에서 차용.

방탄소년단 빠순이

박경옥
ppomp@hanmail.net

    저는 한국을 셀 수 없이 방문한 방탄소년단의 광팬 중국여대생입니다. 한 달에 두 번 오는 경우도 많아요. 방탄소년단의 모든 행사를 참여하려 볼거리, 살거리, 먹을거리가 많고 세계의 젊은이들에게 유명해진 홍대를 자주 찾게 되었어요. 게스트 하우스가 천 개도 넘는다는 얘기도 있으니 저 같은 전 세계 광팬들이 모이는 홍대 게스트하우스가 덕질하기에는 최고랍니다.

    공항철도에서 가장 가까운 홍대역 6번 출구 쪽으로 나오면 경의선 책거리가 나와요. 그곳 주변은 공항철도와 가깝고 다양한 게스트하우스가 많아서 제가 아는 빠순이[1]들이 잘 찾는 곳이에요. 기찻칸 모양의 서점들이 달리는 열차 같아 보여요. 문학산책, 여행산책, 아동산책, 예술산책 등 열차칸의 이름을 보고 취향대로 들어가면 산책하며 필요한 책을 사서 산 책을 읽을 수 있지요. 물론 산 책이 아니어도 열차여행 느낌으로 공짜로 읽을 수도 있어요. 문화산책 공간은 일 년 내내 전시를 하는 공간이고, 이름 없는 가난한 예술가들에게 전시공간을 내주고 있어요. 곳곳에는 기차레일을 남겨두어 외발로 서서 아슬아슬, 그러나 다행히 두 팔이 있어 이내 균형을 잡는 이들이 보입니다. 균형? 광팬 빠순이에게는 균형이라는 말은 어쩐지 어색하네요. 경의선 책거리는 까페나 술집으로 오염되는 문화동네 홍대를 지켜주는 보금자리가 되고 있어요. 2~3년 전만 해도 버려졌던 옛 기찻길에 예술을 입히니 공간이 꽃을 피웠네요.

방탄소년단의 노래를 듣는 순간 그 전까지 알던 음악은 제게 빛을 잃게 되고 빠순이 생활이 시작되었죠. 그리고 인천공항이 닳도록 한국을 오가게 되었답니다. 이런 나를 신기하게 바라보던 게스트하우스 이모는 내게 덕질하는 이유를 물었답니다.

"방탄소년단은 스스로 두려움과 고통을 느껴봤기 때문에 우리를 위로할 줄 알아요. 비록 언어가 다르지만 저는 그들이 음악을 통해 전달하고자 하는 메시지를 느낄 수 있어요. 그들은 인간의 본질을 탐구해요. 사회문제를 다루는 음악은 방탄소년단 외에도 세계 여러 밴드가 있지만 방탄은 좀 달라요. 그들은 아무도 몰랐던 기획사 소속이에요. 그래서 우리는 스스로가 마치 그들을 길러낸 '엄마'같다고 느껴요. 특별하지요? 그들의 언어를 깊게 이해하려고 저는 한글을 익혀요.'

홍대인근에 짐을 풀고 고삐 풀린 망아지처럼 돌아다녀요. 공방[2] 때는 새벽에 일어나 방송국에 가야되고 콘서트 굿즈[3]를 사려거나 스탠딩입장이면 밤을 새워 줄을 서야 해요. 덕질[4]하는 팬들끼리 택시를 타고 CJ E&M 일산 스튜디오 방탄 촬영장에 갔을 때는 24시간을 대기하며 시멘트바닥에서 잤어요. 촬영중간에 이탈하면 다음에는 행사 참여할 때 불이익을 주기 때문에 팬들은 맨바닥 노숙도 참아내지요. 숙소로 돌아오는 길에 택시 기사아저씨가 "너네 외국까지 와서 시멘트바닥에서 자는 것을 알면 너희 부모가 얼마나 슬퍼하시겠니?" 하며 물었어요. 방탄팬싸 때 저는 길고 긴 기다림 끝에 저의 신 같은 존재, 방탄 맴버 종국과 손을 잡은 채로 몇 마디(그러나 나에게는 긴) 대화를 했어요. 그 여운에 전보다 더 열심히 덕질을 한답니다.

책거리로 단장한 지상에는 저처럼 덕질하는 한류팬들이 커다란 여행가방을 밀며 이동하는 행렬이 마치 기차가 달리는 모양 같고 덜커덩 거리는 소리는 기차소리처럼 요란해요. 지상은 공원으로 꾸미고 지하로 달리는 공항철도에서는 한국으로 들어오고 한국을 나가는 외국인들이 마치 개미의 행렬처럼 꼬리를 물고 일사불란하게 움직인답니다. 막차가 떠나고 5시간 동안 공항철도가 쉴 때는 하룻밤 숙박비를 아끼려는 자, 그들에게서 돈을 벌려는 자의 아이디어 상품인 피시방에서 개미의 행렬은 잠시 고요해져요. 새벽 5시 반의 홍대역을 오가는 첫 공항철도(AREX)는 다시 찾은 활력으로 인천공항까지 쉴 새 없이 오가지요.

저는 한국어를 제대로 배운 적이 없는 평범한 중국여대생이었어요. 방탄소년단의 팬이 되어 활동을 하다 보니 덕질을 더 잘하려면 한국어를 배우는 게 절실하여 티비를 보거나 팬 활동을 하며 익히게 되었어요. 게스트하우스 이모는 한국인보다 더 많은 은어까지 알고 있다고 저의 한국어 실력을 칭찬해주셨지요.

"빠순이가 되면 다 그 정도는 할 수 있어요. 방탄의 고향부터 방탄이 다닌 학교, 방탄의 가족이 운영하는 가게까지 찾아다니다 보면요."

그 이모 집에는 제가 팬 활동에 필요한 사다리도 보관되어 있어요. 그 사다리가 있어야 팬싸[5]에서나 행사에서 방탄의 얼굴을 더 잘 볼 수 있고 사진도 더 잘 찍을 수 있으니까요. 그래서 이모는 소중히 보관해준답니다. 저의 비밀을 아는 이모의 집은 한국에 있는 제 집 같아요. 중국대학생은 대부분 기숙사 생활을 한답니다. 그래서 우리 부모님은 저의 이런 광팬과정을 모르셔요. 그동안 모아놓은 용돈과 카드로 중국과 한국을 오가며 덕질을 하고 있지만 이제 돈도 떨어져 가고 대학 졸업 후 취직을 하면 시간을 내기 어려워 유트브로 만족해야 하는 것이 걱정이에요.

덕후질 후 남는 시간은 홍대의 걷고 싶은 거리에서 세계의 젊은이들과 버스킹을 즐기지요. 밤이 되면 술집과 클럽이 밀집해있는 클럽거리의 음악소리에 맞춰 한꺼번에 흔드는 젊은이들로 공기까지 들썩들썩하여 저도 모르게 스텝이 밟아진답니다. 유행과 코디로 패션을 리드하는 패션거리에서 옷을 구경하며 패션감을 익히고 친구들이 부탁한 화장품과 소품을 사서 여행 가방에 가득 채우고 새벽차를 타고 공항으로 출발해요. 홍대정문 앞 놀이터 근처 예술시장 프리마켓에서 예술가들이 직접 만든 손재주 빛나는 소품을 골라내는 재미도 놓치지 않는 아이템이에요.

지금 저의 장래희망은 확실해요. 중국에 온 한류스타들의 방송출연 시 인터뷰나 통역을 해주고 한류에 관계된 일을 하며 인생을 즐길 거예요. 지금의 한국어 실력으로는 턱없이 부족하니 방탄 빠순이인 저의 한국어 공부는 계속 될 것입니다.

작가메모; 제가 운영하는 게스트하우스에 자주 오는 방탄소년단의 빠순이와 얘기를 나누다 알게 된 사실을 빠순이의 입장에서 써보았습니다.

1) 빠순이: 연예인이나 운동선수들을 맹목적으로 추종하고 따라다니는 극성팬 중 여자를 속되게 이르는 말

2) 공방: 공개음악 방송

3) 콘서트 굿즈: 콘서트에 관련된 물건을 말하며 해당 공연이 끝나면 더 이상 판매하지
   않는다. 팬들이 중고로 내놓지 않는 이상 구입은 힘들기 때문에 공연
   전 보통 5시간 줄을 서고 밤을 새서 줄을 서는 경우도 있다.

4) 덕질: 어떤 분야를 열성적으로 좋아하며 그와 관련된 것들을 모으거나 파고드는 일.
   덕후질이라고도 한다. 일본에서는 오타쿠라고 한다.

5) 팬싸: 팬 싸인회

엄마가 필요해

안병옥
blueonna@hanmail.net

어느 해, 봄에는 엄마가 떠났고 그해 여름 나는 동생댁과 프랑스 남부 지방을 여행했다. 몇 달간 엄마를 간호한 우리에게 주는 나름의 휴식이라 생각했다. 작열하는 태양 탓인지, 이국의 정취에 취해서인지, 얼마 전 떠나보낸 엄마를 잊은 채 낯선 곳에서 우리들의 시간에 몰두했다.

열흘 남짓의 여행을 마치고 집에 돌아오자 탁자에 쪽지 하나가 놓여 있었다. 집안일을 도와주던 아주머니가 남긴 것이었다. '오빠가 00병원 응급실에 있으니 빨리 가 보세요' 아무렇게나 찢은 종이에 서둘러 쓴 듯한 글씨를 보자마자, 가방만 던져 놓은 채 병원으로 달려갔다.

엄마와 함께 지내던 오십대 중반의 오빠는 엄마가 떠나자 홀로 남겨졌다. 여러 차례 사업 실패를 거듭하던 오빠를 친구도 아내도 모두 떠나고 그 곁엔 엄마만 남아 있었다. 우리 모두는 장례식 내내 손님을 맞느라 분주하고 떠들썩한 분위기에 슬픔을 느낄 겨를도 없었다. 하지만 오빠는 장례식장 안에 마련된 빈 방에 홀로 들어가 눈물을 닦아내곤 했다. 그 모습을 목격한 나는 엄마를 잃은 것보다 몇 배나 큰 슬픔으로 남

모르게 울음을 쏟아냈다. 그런 오빠는 집으로 돌아간 뒤 식사를 거르며 음료수로 몇 개월을 버티다 결국 병원으로 실려 온 것이었다.

응급실 비좁은 침대에 누워 있던 오빠가 나를 보자마자 울먹이며 말했다.

"엄마가 왜 이렇게 생각나지?"

삐죽이는 오빠 입모양이 꼭 어린 날의 오빠를 보는 듯했다. 아픔과 고달픔과 외로움엔 늘 엄마가 필요하다.

얼마 전, 큰 수술을 받은 나는 이십 여일 병원 생활을 마치고 집으로 돌아왔다. 몇몇을 제외하고는 입원 사실을 숨기다 퇴원 후 지인들에게 알렸다. 평소에 누구보다 건강하게 보였던 내 소식에 모두들 충격을 받은 듯 했다. 아끼던 후배가 메시지를 보자마자 전화를 걸어왔다. 전화기를 들자 흐느낌 소리와 함께

"언니, 어떡해 엄마도 없는데~."

울음으로 말을 잇지 못하는 짧은 시간, 엄마를 찾기엔 너무 부끄러워진 늙어 버린 나를 잠깐 생각했다. 아니, 병상에 누워 있던 지금 나보다 몇 살은 젊었을 엄마의 한 장면이 머릿속을 스쳤다.

신혼 때였다. 내가 출근한 후 엄마는 매일 한 시간 남짓한 거리를 버스로 오가며 우리 집 살림을 보살펴 주셨다. 퇴근 후 집에 들어서면 집은 유리알처럼 깨끗해져 있었고, 식탁 위엔 저녁상차림까지 늘 준비 돼 있었다. 동료들은 우렁각시 엄마를 둔 나를 부러워했고 나는 철없이 누리며 맘껏 즐겼다. 그런데 어느 날, 현관문을 들어서자 출근길의 난장판 그대로인 채였다. 연락도 없었는데 다녀가신 흔적도 없었다. 걱정으로 전화기를 손에 드는 순간 벨이 울렸다. 엄마였다.

"오늘 못 갔다. 타고 오는 버스가 사고가 나서… 지금 너희 집 근처 병원에 있다. 많이 다친 건 아니니 걱정 말고, 저녁 먹고 잠깐 다녀가거라."

시키는 대로 간단한 저녁을 챙겨 먹고 병원으로 향했다. 가벼운 마음으로 병실로 들어서다 엄마 모습을 보고 깜짝 놀랐다. 온몸이 상처투성이였고 얼굴은 몰라볼 정도로 퉁퉁 부어 있었다. 링거를 꽂고 누워계시는 엄마는 눈도 제대로 뜨지 못했다. 조금 전의 전화선을 타고 온 엄마의 목소리는 도대체 어디서 나온 것이었을까, 이 몸으로 어떻게 공중전화를 직접 돌렸을까 의아했다. 사고 버스에 탄 승객 몇몇이 병실에 누워 있었지만, 하차하려고 일어서다 다친 터라 엄마의 상태가 가장 심각했다.

병실에 있던 사람들은 나를 보자 간호사가 보호자에게 연락을 취하려고 했지만 '다른 사람이 하면 많이 다친 줄 알고 딸이 얼마나 놀라겠냐며 몇 시간을 버티다 전화를 걸더니 바로 저렇게 누워 눈도 못 뜬다.'며 나무라듯 혀를 찼다. 기가 막혔다. 딸을 안심시킨 엄마는 그때, 마음속으로 엄마의 엄마를 애타게 찾았을까? 엄마는 평생 자식에겐 짐이 되기를 거부하는 완벽한 짐꾼이었다. 그러고 보니 내 즐거움과 기쁨은 온통 내 것이었고, 고통과 아픔은 엄마에게 짐 지우며 살아온 것만 같다.

나는 수술 후 며칠 동안, 배멀미하듯 속이 심하게 울렁거렸다. 아무것도 먹을 생각도 없었고, 넘기기도 힘들었다. 엄마의 미역 초무침이 생각났다. 엄마의 북어무침도 생각났다. 엄마의 고추장에 무친 무장아찌도 생각났다. 칼칼하고 깔끔한 넘길 거리가 생각났다. 엄마가 머리에서 영 떠나질 않았다.

이튿날 오전, 후배가 초인종을 눌렀다. 불편한 한쪽 다리를 끌며 문을 열었다. 두어 달 만에 만난 그녀는 화장기 없는 얼굴로 현관문을 들어선다. 반갑다는 내 인사에는 대꾸도 않고 부엌으로 성큼성큼 걸어 들어간다. 다짜고짜 수세미에 세제를 묻히더니 개수대에 있는 그릇을 닦기 시작한다. 엉뚱하면서도 거침없는 평소의 그녀답지 않음에 적잖이 당황한 나는 곁을 서성이며 이런저런 말을 던졌다. 말을 듣는 둥 마는 둥 하며 눈길을 주지 않는다. 설거지가 끝나자 가져온 봉지에서 직접 담았다는 오이지를 꺼내 놓더니 흐르는 찬물에 바락바락 씻는다. 도마를 꺼내 쫑쫑 썰기 시작한다. 칼 저미는 소리가 여러 감정이 들어있는 듯 요란스럽다. 온갖 양념을 넣어 조물조물 무친다. 언젠가 그녀의 노각 무침을 맛있게 먹은 적이 있다. 그걸 잊지 않았나보다 생각하며 서먹한 상황을 벗어날 방법을 머릿속에 떠올렸다. 오이는 곧 발그레한 맛깔스런 무침이 되었다. 내가 내미는 반찬통에 담아 다독여 넣는다. 손을 비벼 씻고 행주에 손을 닦고서야 드디어 내 얼굴을 바라본다. 눈물이 그렁그렁 맺혀있다. 내 눈시울도 따라 붉어졌다.

"엄마도 없는데⋯. 그 긴 날을 병원에서 어떻게 지냈어요?"

따뜻한 그녀가 던진 한 마디에 고여있던 설움이 왈칵 솟아 올랐다. 염치없지만 나는 지금 엄마가 자꾸만 생각난다.

오래 곁에 두고 싶다

-'감옥으로부터의 사색'을 읽고 -

〈-지금부터 걸어서 건너야할 형극의 벌판 저쪽에는 애타게 기다리는 사람들의 얼굴이 등댓불처럼 명멸한다. 그렇다. 일어서서 걸어야 한다. 고달픈 다리를 끌고 石山氷河라도 건너서 눈물겨운 재회로 향하는 이 출발점에서 강한 첫발을 딛어야 한다.〉

마지막 장을 덮고 앞 페이지를 펼쳐 이 문장을 다시 읽는 순간 온몸에 전율이 일었습니다. 그때 그는 건너야할 길이 그토록 먼 길일 거란 생각을 했을까요? 기다리는 사람들이 있는 벌판 저쪽까지 20년의 세월을 무거운 다리를 끌고 걸어낸 그의 고통의 행군이 경이로우면서도 슬펐습니다.

20년의 시간! 1968년 그가 27세로 투옥되던 해, 나는 열세 살, '청구회의 추억'속에 등장하는 독수리부대원과 비슷한 또래였을 것입니다. 그동안 나는 사춘기를 지나 여고생이 되고 대학생이 되어 다양한 체험으로 청춘의 시간을 보냈죠. 그리고 직업을 갖고 연애를 하고 결혼을 했습니다. 또, 한 아이의 엄마가 되고……읽는 내내 편지의 말미에 적힌 발신 날짜를 보며 내 삶의 동선에 맞추어 나의 20년의 시간을 자연스레 반추하게 되었습니다. 어린 소녀로부터 어른으로 성장하는 동안 엄청난 변화와 기억하기도 버거운 갖가지 추억을 만들며 보낸 나의 시간들. 양적으로 쑥쑥 자라면서도 바쁘다는 핑계로 영혼의 성장에는 눈 돌릴 틈이 없었을 때, 그는 감옥에서 자신의 동공을 내부로 향한 채 마음속에 한 그루의 나무 심기에 매진합니다.

〈-나는 나의 내부에 한 그루 나무를 키우려 합니다. 숲이 아님은 물론이고, 정정한 상록수가 못됨도 사실입니다. 비옥한 토양도 못되고 거두어 줄 손길도 창백합니다. 염천과 폭우, 嚴冬寒雪을 어떻게 견뎌나갈지 아직은 걱정입니다. 그러나 단 하나, 이 나무는 나의 내부에 심은 나무이지만 언젠가는 나의 가슴을 헤치고 외부를 향하여 가지 뻗어야 할 나무입니다.〉

그리고 훗날, 음지에서 정성들여 키운 나무는 그의 바람대로 가지를 뻗고 양지로 나와 푸르고 싱싱한 기상을 뽐내며 많은 사람들에게 위안과 용기를 주고 있지요. 바깥으로 향하던 모든 것에서 시선을 거두고 자신의 내면을 깊숙이 응시하며 건져낸 한 편 한 편의 글은 나지막하면서도 강한 울림이 있습니다. 방만했던 나의 삶을 저절로 돌아보게 만듭니다. 어두운 곳에서 외로움과 싸우며 고통과 번민과 괴로움과 미안함으로 점철되었을 시간들을 다지고 응축시켜 보석처럼 빛나는 삶으로 회생시킨 그의 굳건한 신념과 의지에 박수가 절로 터집니다.

사람, 사물, 자연 그리고 주변의 모든 것에 보인 진정어린 애정은 감동이었습니다. 감방 안으로 날아든 한 알의 민들레 씨부터 작은 창으로 보이는 조각난 하늘과 산자락, 수양버들, 바람, 나무, 햇볕, 새소리…
에서도 감사함을 느끼고 배우고 받아들이는 그의 섬세하고 따뜻한 시
선은 가히 압권이라 할 만합니다. 꽃 한 송이, 바람에 흔들리는 나뭇잎,
나비의 날갯짓은 넓은 들판에 서면 볼 수 없지만, 한 뼘 발밑에 눈을 두
면 개미의 작은 몸놀림에도 시선이 맞추어진다는 걸 깨달은 건 내게도
큰 수확입니다.

그는 자잘한 잡범부터 사상범에 이르기까지 감옥에서 마주친 각양각
색의 사람들과 섞여 생활하는 속에서도 배우는 자세를 잃지 않습니다.
옆 사람의 체온으로 이겨나가는 겨울에 비해 옆 사람을 오직 열 덩어리
로만 인식하여 증오하는 여름 교도소의 풍경에서 가까운 사람을 미워
하는 민중의 모습을 읽어내는 것도 그 중 하나입니다.

이웃과 함께 하는 삶에 대한 갈구와 소외된 자에 대한 따뜻한 관심은
그의 무거운 판결에 자꾸만 고개를 갸웃거리게 만들었습니다. 가난한
아이들과 나눈 '청구회의 추억'은 그의 타고난 선한 심성이 글 속에 고
스란히 담겨있고, 흉악범들의 문신을 애벌레가 보호색으로 자신을 보
호하려는 불행한 사람들의 가난한 그림이라며 그들마저도 감싸 안습니
다. 그리고 앞과 뒤가 많이 있어 좋다는 중간 예찬으로 이웃과 더불어,
함께 가기를 삶의 첫 번째 덕목으로 주저 없이 꼽는 그의 마음은 어쩌
면 이토록 아름다운지요. 다음의 문장은 나도 그와 같은 곳에 서 있다
면 좋겠다는 생각까지 들게 합니다.

〈-한 그루의 나무가 되라고 한다면 저는 산봉우리의 낙랑장송보다 수많은
나무들이 합창하는 숲 속에 서고 싶습니다. 한 알의 물방울이 되라고 한다면
저는 단연 바다를 선택하고 싶습니다. 그리하여 가장 많은 사람들이 모여 사는

나지막한 동네에서 비슷한 말투, 비슷한 욕심, 비슷한 얼굴을 가지고 싶습니다.>

어린 조카들에게 보낸 편지에는 게으른 토끼도 나쁘지만 잠자는 토끼를 살그머니 지나가서 일등한 거북이도 나쁘다며 잠든 토끼를 깨워 함께 가는 멋진 친구가 되라는 충고를 하기도 합니다. 그 놀라운 충고는 잠든 토끼가 게으르다는 것 밖에는 생각하지 못한 내 뒤통수 한 대를 후려치는 듯했습니다.

부모님께는 아들이기 전에 시대의 아픔을 짊어진 한 청년으로 이해받고 싶어 했습니다. 아버지께 보낸 편지는 보편적인 부자 사이의 수위를 넘어 학문과 사상을 넘나드는 수준 높은 교류로 놀랍기만 했습니다. 깊은 사유의 세계와 방대하고 높은 지식을 공유하고 교환할 수 있는 부모님과 제수, 형수 등 든든한 후원자였던 가족은, 어둠 속의 그에게 희망을 보듬을 수 있는 동아줄이었던 것 같습니다. 반대로, 삶의 본질과 깊이를 꿰뚫어 보고 통찰하며 때론 지표를 제시해 준 그의 편지를 받은 가족은 오히려 그의 존재 자체가 집안의 자랑이었을 것 같기도 합니다.

엄청난 양의 독서와 끊임없는 자기 성찰과 공부는 그만의 확고한 철학을 만들었고, 누구도 근접하지 못할 사유의 방을 만들었습니다. 그리고 자칫 비루해질 수도 있는 그곳에서 냉철한 이성과 따뜻한 감성을 잃지 않고 줄곧 맑은 정신으로 균형을 유지하게 했습니다. 열정의 젊은 시절을 혼탁한 바깥세상에서 소비하였다면 절대 나올 수 없었을 투옥 중의 사색은 긴 세월, 희망의 끈을 놓지 않은 그의 의지와 신념의 소산물이지만 우리에겐 귀한 선물입니다. 몸은 비록 스물일곱의 청춘에서 마흔일곱의 중년으로 무너져 내렸겠지만 그가 어두운 세계에서 20년을 닦아 이룬 정신의 탑은 드높이 쌓였습니다. 가슴 깊은 곳에서 길어 올린 그의 산문집 〈감옥으로부터의 사색〉은 무엇보다 인생의 먼 곳을 또, 인생을 크게 보는 눈을 가지게 해 줄 것만 같아 오래도록 곁에 두고 곱씹어 보고 싶은 책입니다.

　책장을 넘기면서, 내 안에 저장된 생각과 신념과 지식의 바른 정립이 글쓰기의 기본이라는 사실을 깨닫자 비어있는 내 글방이 초라하게만 느껴져 몹시 부끄러웠습니다. 하지만 무엇보다 아쉽고 애통한 것은 이제 더 이상 그의 새 글을 볼 수 없다는 사실입니다. 이곳에서 뿌려졌던 수많은 씨앗들이 그가 머문 그곳까지 날아가 영원한 안식과 기쁨의 나무로 자라나면 좋겠습니다.

봄맞이

김정태
tae10054@hanmail.net

이맘때면 저는 냉잇국을 끓입니다. 이 버릇은 엄마에게서 비롯된 정서의 문양 같은 걸 거예요. 엄마는 냉이 대신 시금치국을 끓였지만요. 그때쯤의 시금치는 맛이 제대로 들어서 국을 끓이면 달큰했는데 마침 익은 김장김치를 얹어서 먹으면 일품이었죠. 상상만 해도 입에 침이 고이는데요.

어렸을 때, 새로 전학 온 화성이네 일하는 언니를 따라서 냉이를 캐온 적이 두 번인가 있었지요. 반소쿠리 남짓 되는 내가 캐온 냉이는, 그러나 국이 되어 밥상에 오른 적이 없었어요. 대신 언제나 시금치국이 있었어요. 왜 그랬는지 짐작은 돼요. 냉이를 다듬는다는 게 그렇더군요. 누런 잎 떼어내고, 뻣뻣한 것 떼어내고 나면 남은 것은 반도 안 되잖아요? 그 많은 식구들 국을 끓이려면 얼마나 많은 냉이를 다듬어야 했을까요. 그러니 매번 손쉬운 시금치국이 올라왔겠죠.

엄마의 시금치국에 익숙한 저에게 냉이는 목을 넘기기가 좀 까끌까끌해요. 그러나 남편은 꼭 냉이라야 한대요. 그것도 처음에 주문한 도다리 쑥국에서 몇 단계 내려와 절충한 메뉴였지요.

봄 국엔 꼭 모시조개가 들어가야 해요. 엄마도 그렇게 했으니까요. 가락시장엘 가니 만원어치가 양푼으로 한 가득이었어요. 아껴서 먹으면 스무 번도 더 끓여 먹을 수 있겠더라고요. 냉이를 파는 할머니는 굽은 허리에 얼굴은 냉이에 박듯이 하고 다듬고 계셨는데 그걸 집에 와 다시 다듬는데 한 시간은 좋이 걸렸지요. 덤으로 한주먹 더 올려놓으시는 것도 마다했어요. 그 걸 다 어찌 다듬으려고 가져오겠어요?

다시마와 멸치를 우린 물에 콩나물과 함께 끓인 냉이국은 저녁밥상에서 대환영을 받았죠. 남편은 "잘 먹었다" 소리를 세 번도 더 했어요. 그건 돼지고기가 메뉴일 때 하는 특급 칭찬이었고요. 딸은 개수대에 그릇을 전부 날라주었는데 그건 또 쇠고기나 생선회를 먹었을 때 하는 행동이었지요. 모두가 만족했다는 표시지요. 그렇게 우리는 봄맞이를 했어요.

설거지가 끝난 후 저는 친정식구들이 하는 라인 방에 글을 올렸지요.
"콩나물과 모시조개를 넣고 냉이 국을 끓였네. 엄마는 내가 캐온 냉이는 다 버렸고 대신 시금치국을 끓였어. 모시조개를 넣고. 생각해보면 나의 봄은 그렇게 시작됐던 것 같아. 엄마의 시금치 조개국과 함께. 결혼하구선 이맘때면 늘 시금치국을 해먹어. 그러면 그동안 잊고 있던 엄마가 생각나"

좀 센티하고 싶었나 봐요.

댓글과 함께 봄 음식 사진이 속속 올라왔어요. 모두가 다 다른 게 재미있었어요.

누구는 가자미 졸임을, 누구는 쑥개떡을, 누구는 무릇 무침을 이런 식으로요. 조카는 이런 우리를 보고 말했어요.

"같은 엄마를 둔 자매 맞아?"라고.

"냉잇국이나 가자미 졸임이나 쑥개떡 모두 엄마가 해준 음식인 거는 맞지"

누군가 말했지요.

우리는 음식으로 엄마를 추억했나 봐요.

이제 봄의 것들이 막 쏟아져 들어올 거예요. 냉이국을 먹고 나면 항상 그랬거든요. 성긴 봄의 공기는 그 것들을 부지런히 실어 나르죠.

"애들아 이리 와봐"

예서제서 친구들을 소리쳐 부르는 아이들의 소리를.

지지배배 찌르르릉 명랑하게 지저귀는 새소리를.

졸졸졸 마른 땅을 적시는 냇물 소리를.

밖의 공기의 맛을 알아버려 한사코 집에 들어가기를 거부하는 아기들의 울음소리를.

봄은 그렇게 나에게로 올 거예요.

벌써 햇살이 눈부신걸요.

자전거 타는 법에 대하여

1. 시야는 멀리

너댓 살 여자아이가 아빠에게서 두발 자전거 타는 법을 배우고 있다. 아이의 눈은 자전거 바퀴에 고정되어 있다. 바퀴를 방향에 맞추려 함이리라. 그러다보니 몸은 온통 옆으로 쏠려 자전거를 싸안고 넘어질 지경이다. 아빠는 아이에게 계속 소리치고 있다.

"바퀴를 보면 안 돼. 앞을 보란 말이야. 멀리 보라고!"

맞다. 방향은 시선을 따라가게 되어 있다.

2. 몸과 핸들은 넘어지는 쪽으로

그 아이는 조금씩 앞으로 나아가고 있다. 뒤에서 아빠가 자전거 뒤를 잡고 밀어준다. 아이는 아빠에게 연신 당부한다. "아빠 손 놓으면 안 돼"라고. 몇 번을 잡아주던 아빠는 어느 순간 잡았던 손을 슬그머니 놓는다. 아이는 얼마쯤 달리다가 불안한지 뒤를 돌아다본다. 그 순간 중심을 잃은 자전거는 한 쪽으로 기운다. 아이는 넘어지지 않으려고 반대쪽으로 있는 힘껏 몸을 당기고 있다. 그 몸짓은 오히려 자전거를 곤두

박질치게 한다. 아빠는 울고 있는 아이에게 말한다.

"넘어질 땐 그냥 넘어져야지. 넘어지는 쪽으로 몸을 놔야 곡선을 그리면서 자전거는 앞으로 나아간단다."

3. 힘 빼기

아이는 잔뜩 힘을 주고 있다. 긴장을 하고 있으니 그럴 수밖에 없다. 오늘 밤 그 작은 몸이 얼마나 뻐근할는지.

내가 나온 고등학교 교장선생님은 욕심이 많으셨다. 우리들에게 미국학생들이 배우고 있는 교과서를 가져다가 부교재로 배우게 했고, 사격도, 타이프도 가르쳤다. 그의 전략은 나에게 다 효력을 발휘했다. 사격은 첫날에 과녁을 명중시키기도 했다.

"얘가 명중시켰어요!"

들떠서 전하는 아이들에게 체육선생님은 시큰둥해 하며 "어쩌다가 그런 거야" 말했다.

타이프도 배운 덕을 톡톡히 봤다. 타이프시간에 수다만 떠는 아이들의 숙제까지 다 해줄 정도로 연습을 해서 급수시험에 통과한 사람은 우리 반에서 나 혼자였다.

그러나 자전거, 그놈의 자전거는 끝내 타지 못했다. 눈은 두 바퀴를 쫓느라 멀리 볼 여력이 없었다. 넘어지지 않으려 용을 쓰다가 다리는 온통 긁힌 상처 투성이었다. 힘은 있는 대로 주었다. 체육선생님은 그 큰 운동장을 이리저리 돌아다니며 소리쳤다. 아이의 아빠가 아이에게 한 소리 그대로였다.

"시선은 멀리. 그냥 넘어져. 왜 그렇게 힘이 잔뜩 들어갔어?"

난 아직도 자전거를 못 탄다. 좁은 길을 자전거로 요리조리 잘도 달려가는 사람을 보면 부럽다. 자전거를 탈 수 있었다면 해질녘에 호수를 끼고 있는 그 오솔길도, 단풍이 흩날리던 멋진 그 길도 씽씽 달려볼 수 있었을 텐데.

난 아직도 자전거를 못 탄다. 인생에서도 마찬가지인 듯하다. 시선은 발밑에만 머물러있다, 문제가 있으면 그 것에만 골몰한다. 열 발자국만 뒤로 가면 문이 활짝 열려져 있는 것도 모르고 유리창을 뚫고 나가려 몸을 부딪쳐 죽은 곤충의 이야기를 알고 있건만. 넘어지지 않으려 있는 대로 기를 쓴다, 넘어지는 게 무섭다면 자전거 타는 즐거움은 영원히 내 것이 아닌 것을 모르지 않는데.

온몸에는 잔뜩 힘이 들어가 있다. 어쩌다 처음 들른 미장원에서도, 허리가 아파 찾아간 한의원에서도, 콘서트 보러가서 당첨된 표로 마사지 받을 때도 하나같이 그들은 말했다. 어깨가 많이 뭉쳐있다고. 그것은 긴장해서라고. 심지어는 치과의사까지도 말했다. 이가 심하게 마모가 되었는데 그건 입을 꽉 다물어서라고.

"긴장을 좀 푸시죠."

병원을 나올 때 그 의사는 웃으며 권했다

나는 자전거를 타고 싶다. 시야는 멀리, 반항하지 말고 그대로 넘어지기, 그리고 힘을 빼기. 방향은 시선을 따라간다지 않는가.

너네 뭐하니

함정은
777duddnJsgl@daum.net

어슴푸레하게 어둠이 내려앉고 있다. 길옆에 중·고등학생 여럿이 앉아있고 갑자기 119구급차가 멈추더니 소방대원 셋이 내린다. 구급대원이 앉아 있던 학생들에게 어디냐고 하니 학생 중 한 명이 "저기요" 하고 손으로 가리킨다. '무엇일까?' 혼잣말을 하면서 구급대원이 향하는 곳을 후배와 함께 따라갔다. 학생들이 손짓한 곳은 정사각형의 가로세로 40cm정도의 작은 맨홀이다. 구급대원이 손전등으로 맨홀 안을 비춘다. 내 시선도 불빛을 따라간다. 어두운 맨홀 안엔 어른 주먹만한 새끼 고양이가 아무 기척도 없이 눈만 깜빡 거리며 고개를 갸우뚱한다. 완전히 사람을 무시하고 '너네 뭐하니'하는 표정이다.

고양이를 구출해야 하는데 어찌 할지를 모르고 구급대원들은 발만 동동 구른다. 두껍게 쇠창살로 만들어진 맨홀 뚜껑은 둘레가 시멘트로 겹겹이 발라져서 끔쩍도 하지 않는다. 도로 양 방향을 향하던 차들은 일단은 멈추고서 호기심에 가득 찬 눈으로 자라목을 하고선 좌우로 두리번거린다. 여전히 고양이는 두 눈만 반짝 거린다. 탈출구도 없는 사방이 막힌 공간 빛만 겨우 들어오는 곳에 내가 갇혀 있다면 새끼 고양이처럼 침착할 수 있을까? 엄습해 오는 공포와 두려움에 떨면서 비명을 지르고 정신이상 증세를 보일 것이다. 수많은 영화나 드라마에서 보았던 것처럼 납치된 상황이면 탈출을 하기 위해서 벽을 뚫거나 날카로운 그 무엇으로 땅굴을 야금야금 파지 않았을까?

드디어 구급대원이 지렛대 원리를 이용하여 긴 쇠꼬챙이를 맨홀 뚜껑에 고정시킨다. 여러 차례 시도 끝에 한 순간 뚜껑이 흔들리는가 싶더니 "갑자기 고양이가 없어졌어." 하고 소리친다. 아니 갑자기 연기처럼 사라진 것이다. 손전등으로 한참을 맨홀 사방을 비추던 대원이 "아니, 이쪽 한 벽면에 홈이 있었네." 한다. 그 순간 좀 전에 지나가던 행인이 한 말이 생각났다. "분명 들어온 곳이 있을 테니 나갈 수 있을 거야." 고양이가 행인의 말을 듣기라도 한 듯 홈으로 나간 것이다. 허탈해진 대원이 화풀이라도 하듯 학생들에게 "누가 신고했어" 소리친다. "이런 건 신고하는 게 아니야. 너네 방황하지 말고 빨리 집으로 가기나해." 학생들은 일제히 "네에" 대답하며 한쪽으로 사라진다. 구급차도 횡하니 사라지고 나는 후배와 함께 운동을 하기 위해서 뚝방을 향한다. 어느새 사방은 어두워졌다.

'새끼 고양이는 무슨 생각을 하며 어디쯤 어디로 가고 있을까?' 몇 해 전 봄밤의 고양이가 꽃밭에서 땅을 파고 볼일을 보고 난 뒤 모래로 말끔히 덮어 버리는 모습을 보고 놀랐었는데 맨홀에 갇혀있던 고양이의 모습에서 또다시 영물임을 실감했다. 겨울밤 한파에 털이 복실한 들고양이가 먹이를 찾아 골목을 헤매며 어슬렁거린다. 사람의 인기척이 들려도 획 한번 쳐다볼 뿐이다.

철학논쟁, 인물성동이논쟁人物性同異論爭을 거치면서 18세기의 지식인들은 비로소 인성과 물성은 동등하다는 가치와 인간과 사물은 변별할 수 없다는 사고에 이르렀고 그렇기 때문에 만물은 평등하다는 인식을 하기 시작했다. 이와 같은 인식은 홍대용의 [의산문답] 속에서 표현되고 있다. *"인간의 입장에서 짐승을 보면 인간이 귀하고 사물이 천하다. 그렇지만 짐승의 입장에서 인간을 보면 짐승은 귀하고 인간은 천하다. 그러나 하늘의 입장에서 보면 인간과 짐승은 균등하다." 세상에 존재하는 모든 사물은 변별되지 않는 균등성과 동등한 가치를 갖고 있다는 인식.

가끔 맨홀 근처를 지날 때마다 새끼고양이의 반짝이던 눈망울이 떠올라서 빙그레 웃곤 한다. 물체는 사라졌어도 미소는 그 자리에 여운으로 남아있는 과학적인 용어는 도무지 생각이 나질 않는다. 그야말로 인간을 완전히 무시 한 듯한 눈빛으로 너네 뭐하니 라고 외치듯 연신 고개만 갸우뚱 거리던 고양이 모습에서.

하늘의 입장에서는 고양이나 사람이나 같다고 판단했을까?

* 글쓰기 동서대전 자료에서 인용

천렵은 끝났지만

수양버들 늘어지고 평상이 있는 농가의 여름은 여유로움을 준다. 1박 2일의 동창회 야유회는 천렵과 야영이 목적인 듯하다. 약속시간 한시 간전 천렵이 끝났다고 카톡으로 사진을 보내왔다. 순간 한숨이 절로 나 오면서 돌아갈까 생각도 해보았지만 이미 늦었다. 혼자서 되돌아가기 엔 너무 먼 길이다. 솔직히 야영장 따위는 관심도 없다. 이십 여명 친구 중 각별한 친구는 둘 셋 밖에 없으니 특별한 대화나 무언가를 기대하지 는 않는다. 초교동창생 여럿이서 찐빵으로 점심을 대신하며 강원도 오 지 야영장을 향하고 있다. 대부분 마음은 이미 친구들이 기다리고 있는 야영장에 가있으니 여유 있게 식사하길 모두 사양한다. 처음엔 들뜨던 마음이 천렵이 끝났다는 소식 때문인지 목적지로 향하는 길이 몇 시간 째 끝없는 산으로만 둘러싸여서 지루함마저 든다. 어느 작가가 표현했 듯 초록이 지겨울 정도이다. 또다시 돌아가고 싶은 마음뿐이다.

관심이 있는 건 야영보다는 근처에서 천렵을 한다는 말에 솔깃해서 이 길을 나서게 되었다. 어릴 적 여름날 천렵을 하던 배경이 계속 떠오 르고 또한 낚시를 좋아하기 때문에 그 순간을 맛보고 싶었다. 여름방학이면 누군가 큰 냇가 위쪽에 둑을 만든다. 둑을 쌓은 덕에 물은 발목에 찰랑거릴 정도였다. 그리고 산초껍질과 재를 방앗간에서 곱게 빻아서 만든 것을 둑에서부터 뿌리기 시작하면 민물고기들이 수면위로 둥둥 떠다니고 흐느적거렸다.

팔십 호 정도의 청장년들이 있는 집이라면 너나없이 반바지 또는 속 옷차림으로 고기잡이를 나왔었다. 끝없이 긴 냇가엔 이삼백 미터 거리 를 두고 삼삼오오 짝을 지어서 투망으로 고기를 건저 올리고, 웅성웅성 신나는 웃음소리도 번져갔다. 소나기가 퍼 부어도 천렵은 계속이었다. 샘물이 흐르던 느티나무 옆에선 양쪽 큰 돌 사이로 불을 지펴서 양은솥 을 걸고 수제비를 툭툭 넣고 잡은 고기로 어죽을 끓이던 모습 그리고 근처 산에선 칡잎으로 큰모자를 만들어 우산대신 쓰고 소몰이를 하던 모습도 연결 된다. 이제는 영화에서나 볼 수 있는 풍경으로 남아 있다. 세월이 흘러서 가끔 고향을 찾을 때면 끝없이 이어지던 산천은 작게만 보인다.

하늘을 찌를 듯 한 소나무숲 사이로 둥근달이 걸려있다. 오지여서인 도심과 다르게 밤하늘엔 별들도 수없이 반짝인다. 야영장 분위기는 소 나무숲 옆에 텐트가 수십 개 길게 설치되어 있다. 가족 연인 친구들 못 다한 이야기가 많은지 마주보며 대화가 오간다. 가끔 살랑거리는 바람 이 더위를 식혀 주곤 한다.

"야아 고기 안 익었어, 두 박사님이 구운 고기야 그냥 먹어라." 친구 중에 누군가 둘이서 주고받는 말이다. 우리나라 알만한 연구소에서 근 무하는 박사라고 한다.

그러고 보니 다른 친구들과 좀 다른 듯도 하다. 두 친구 얼굴도 창백 하고 고기 굽는 모습도 연구하듯 무지 심각하다. 고기 크기도 자로 잰

듯 하고 한 치의 흐트러짐도 없다. '그렇구나! 나머지는 그냥 쉽게 넘어가는구나.' 박사 친구들이라고 하니까 덜 익은 고기도 친구들이 맛있게 먹었다. 다행인지 아무도 배탈은 나질 않았다. 두 박사 중 한 친구가 맞은편에 앉아서 이야기를 계속 걸었다.

때론 내 생각이 어떤지 묻기도 한다. 한참 후 멀리서 바라보던 여자 친구가 아까 그 애가 무슨 말을 했냐고 날카롭게 묻는다. 의중이 약간은 묘했다. 다른 친구를 통하여 알게 된 사실은 둘은 유년시절 좀 각별했었다고 한다.

바비큐를 굽는 근처에 둥그렇게 둘러앉아서 교가를 합창하고 동요도 다시 불러보고 새벽까지 분위기는 식을 줄 몰랐었다. 주위에 다른 야영객들의 따가운 시선은 무시하고 그야말로 우리들만의 축제장소로 만들었다. 펜션 숙소는 남여 따로 구분되어 있어서 문을 이중으로 걸어 잠근 채 새벽까지 수다를 원 없이 떨다가 잠들었다. 몇 명의 친구와 아침 산책길에서 마음으로 내일의 새로운 설계도 해보았다.

천렵은 못했지만 유년시절의 한 장면에 멈추어서 아련함과 가슴이 훈훈해져 옴을 느꼈다. 이십 여명 정도의 초교동창생들과 1박2일로 여름야영과 이튿날 관광코스는 순수함을 되살려 보고, 또한 어른이 되어서 각자의 자리가 어떻게 평가되어 지는지를 스스로에게 각인시켜 주었다.

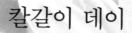

칼갈이 데이

조경숙
rudtnr49@hanmail.net

"언니, 오늘 두시에 꼭 봬요."

봉사자 클럽에서 만난 후배는 거의 강압적이다. 그녀의 아파트단지 내에서 '칼갈이 데이' 행사를 한다고 며칠 전부터 성화다. 나는 스텐으로 된 굵고 뭉툭한 칼, 기다란 창 칼, 그리고 흰색과 붉은 색의 큰 가위 두개, 과도 두개를 꺼냈다. 먼저 신문지 몇 장을 깔고 그 위에 칼과 가위를 대각선으로 뉘여 조심스레 접은 후, 핸드백을 살 때 흠집 나지 말라고 싸 주는 부드러운 면 주머니에 둘둘 말았고, 그 위에 다시 더 두꺼운 무명 주머니에 쌌다. 칼 냄새가 전혀 나지 않았을 터인데도 마지막으로 더 두꺼운 코르덴 가방에 넣어 마무리 지었다. 내가 이동하는 삼십여 분 간, 칼이 자그마치 여섯 개나 들어있는 가방까지 열어보게 되는 불상사가 일어나지 않기를 간절히 바랐다. 칼은 언제나 두렵고 무서웠다.

서둘렀는데도 내 앞에 스무 명도 더 있었다. 사람 대신 칼들이 번호표를 받고 주민대화실 긴 회의용 책상 위에서 대기하고 있었다. 칼들은 줄을 서서 책상 위의 모서리를 돌아 다음 모서리까지 가고 있었다. 안

내방송을 했는데도 아랑곳하지 않고 사람들은 몰려들었다. 몇 개의 번호가 불리면 칼들은 바로 옆 팔각정이 있는 공터 땅바닥에서 내리 쏟아지는 햇빛을 받으며 순서를 기다리게 된다.

칼갈이 봉사단 아저씨는 예순은 너머 보였다. 아주 구형, 퇴색된 다마스 차에 엉거주춤 서서 칼을 갈고 있었다. 키가 작으니 망정이지, 작업장은 안쓰러웠다. 칼갈이 작업은 먼저 칼끝이 구부러지거나 우툴두툴한 면을 고르게 펴는 것으로 시작된다. 이어서 몸을 백팔십도 돌려 면장갑을 낀 채로 큰 숫돌에서 두 손을 얌전히 포갠 후 수도승 같이 정성을 들인다. 삼사 분 정도 지나면 기다란 둥근 쇠막대기에 칼을 대고 시험 해 본다. 짙은 잿빛으로 변해버린 하얀 면장갑 낀 손에 쇳가루 묻은 칼을 쓱쓱 문지르는 것으로 끝난다. 가위갈이는 헝겊을 싹둑 자름으로써 마무리 된다.

이 작업은 허리도 펼 수 없을 정도로 바삐 돌아갔는데 이 광경을 둘러싼 사람들은 의외로 한가로운 모습이었다. 땅바닥에 늘어져있는 칼들을 중심으로 주민들은 오랜 만에 정담을 나누었고, 할머니들은 누가 갖다 드렸는지 부추 밀가루 부침개를 먹으며 정자에서 대기하고 있었다. 순번이 먼 분들은 전화번호를 알려주고 잠시 떠나기도 했다. 서울의 고층아파트 단지에서 벌어지는 북적북적한 모습이 순박했다. 단지 사람 얼굴만 바뀔 뿐 별반 달라질 것 없는 풍경이었지만 나는 자그마치 세 시간 훌쩍 넘게 기다리면서도 전혀 지루하지 않았다. 게다가 기다리는 사람들을 위해 주민봉사단에서 떡과 주스까지 준비해 놓고 있었다. 팔순 할머니에서부터 젊은 새댁과 남자까지 전 세대가 어우러지며 추석을 앞둔 칼갈이에 정성을 모으고 있었다.

조용히 있던 내가 불쑥 한마디 했다. "도심의 아파트에서는 '칼갈이 데이'를 한다면 아무도 오지 않을 거예요. 물론 행사를~" 말을 맺기도 전에 누군가가 총알같이 말했다. "이 동은 오십 평 되거든요," 산성이 가까운 공기 좋은 동네였다. 나는 단지 정겨움을 말했을 뿐인데, 이곳이 자랑스러워 한 말이었다. 설상가상으로 누가 내 어깨를 툭 건드렸다. 복지관 오카리나 반 반장이었다. "여긴 어쩐 일로? 누구 만나러 왔어요?" 나는 '칼갈이 데이'에 참석할 수 없는 타 동네여자였다. 그렇다고 지금 돌아갈 수는 없었다. 이윽고 차례가 되어 큰 칼 두 개와 가위 두개를 우선 내밀었다. 이내 찬 공기가 흘렀다. 과도 두 개는 슬그머니 도로 넣었다. 칼갈이 아저씨는 이런 저런 분위기를 아는지 모르는지 자신의 일에만 열중하는 듯이 보였다. 그 아저씨의 삶에서 칼갈이는 무엇일까. 그는 날이 서지도 무디지도 않게, 음식을 보기 좋고 안전하게 썰 수 있을 것만큼만 갈아주는 것 같았다. 한평생 칼을 옆구리에 끼고 살았다는 이순신 장군, 삶과 죽음의 경계에서 칼로써 지켜내야 하는 이국종 외과교수, 평생을 칼갈이로 살아온 이 칼갈이 아저씨에겐 칼은 언제나 무섭고 두려운 존재였을 것이다. 그러나 그 일이 그 자신의 생명 이상으로 소중히 다루어졌을 것임을 나는 안다.

후배에게 고마움을 전하려고 주민대화실로 들어가는데 아주머니 한 분이 황급히 뒤따랐다. "앞으론 타 동네 사람이 오는 일은 없도록 해 주세요." 예정된 순서에 들어가지 못한 분들은 맥없이 돌아서야 했다.

사실 나와 남편은 칼 가는 것을 좋아하지 않는다. 무디면 무딘 대로 쓴다. 그것도 이골이 나니 괜찮다. 그런데 손님들이 올 때마다 한마디씩 한다. 우리 집에 놀러온 그 후배는 수박을 자르면서 '두부나 치즈라면 모를까.'라며 구시렁거렸다. 그 일을 기억하고 있는 그녀는 기어이 우리 집 칼을 잘 들게 해 주려고 작정한 것 같았다.

우리 부부는 오래된 트라 우마가 있다. 칠 십년대 초, 그 당시 정육점에는 쇠꼬챙이에 꼬인 채 천장에 매달린 고기 덩어리와 함께 쇠 날이 번뜩이는 칼도 대형도마 위에서 손쉽게 볼 수 있었다. 치정사건은 순간이었다. 정육점주인의 아내가 그 칼로 건너편 옷가게 여주인의 등을 찔렀는데 우리가 바로 그 현장에 있었다. 그 후 우리 부부에겐 칼은 흉기였다. 남편은 연장을 다루는 데 선수지만 날이 선 칼만큼은 선뜻 내키지 않는 모양이다. 나의 사과 깎는 모습을 보고 날 선 칼은 손을 베기 쉽다며 면장갑을 끼라고 했다. 지금 나는 갈지도 못하고 도로 가지고 온 그 무딘 과도로 깎고 있는데, 큭큭 웃음이 났다.

'칼갈이 데이'에 비록 부적격자로 참여하였지만 수확이 많았다. 오래 전에 본 고향 같은 푸짐함, 사람들은 아직도 추석음식 장만을 위해 연장을 미리 미리 준비한다는 것, 칼갈이 아저씨의 헌신적인 봉사, 아파트 봉사단원들의 노력 등등.

올 추석은 파도 송송 썰고 무도 반듯하게 썰어 나박김치를 맛깔스럽게 담글 것이다. 엄마가 우리들에게 먹일 음식을 사랑으로 썰던, 부엌칼 본래의 의미를 되찾아 오래 전에 잊힌 그 신선한 칼 맛으로 추석음식을 장만해보겠다.

주민들의 성화에 며칠 후 다시 연다는 '칼갈이 데이'엔 칼 없이 참석할 것이다. 대신 칼갈이 아저씨께 드릴 내 특허품인 맛있는 영양 주스에 신경 쓰면서.

내 삶을 수선하다

수선 집 아저씨는 무엇이 즐거운지 날마다 흥얼거린다. 말도 아주 쉽게 잘한다. 먼지 폴폴 날리는 두 평 남짓한 수선 방은 두 사람이 서 있기도 버거운데 그는 날마다 웃는다.

오랜 간만에 가면

"어쩐 일이래유. 딴 데 거래를 튼 줄 알았는디."

정중하게 인사를 하면

"오늘은 지가 좀 밝지를 못해유."

"왜요?"

"저기 봐 유, 하늘이 흐리잖유? 하늘이 꾸므르한디 지가 어떻게 유?"
웃음이 터져 나온다. 하늘도 보이지 않는 후미진 구석방에서 손가락으로 천장을 가리키고 있다.

붕어빵을 사 들고 갔다.

"감사혀유. 눈 오는 날엔 눈 맞으며 호호 부는 맛이 제격인디. 사 오실 줄 알구 벽에다 솜을 좀 붙여 놨지유."

솜도 없는 낡은 벽지에 눈물이 찔끔 번진다. 한 뜸 한 뜸 바느질을 하는 동안에는 도를 닦는지 일체 말이 없다. 그는 몸에 맞지 않는 크고 작은 옷들을 이리 저리 살피고 다듬어서 저마다에게 꼭 맞는 옷을 만들어 주는 일에 자부심을 갖고 있다. 지척에 있는 수선 집을 두고 멀리 가는 이유이다.

팔이 짧은 나는 겨울철이면 특히 수선 집에 갈 일이 많아진다. 습관이 되어버린 말 중에 "제가 팔이 좀 짧잖아요."를 그는 유독 질색한다. "다른 헝겊에 잇대어 팔 기장을 더 길게 할 거유."라고 퉁 한다. 그 아저씨는 자신의 팔 길이 때문에 이 일을 시작했다고 했다. 양복점에서부터 시작한 것이 아니라 서럽게도 처음부터 수선 집을 냈다는 것이다. 사십 년째라고 했다. 지금은 이 일이 자랑스럽고 고맙다고 했다. "내가 사장이잖유. 일하기 싫은 날은 안 나오면 그만이쥬."

그렇다고 해서 자리를 비우는 날도 없고 약속을 어기는 일도 없다.

며칠 전, 집에서 편하게 입을 쭈글이 블라우스를 색깔별로 네 개를 샀다. 그 옷은 신축성이 없는 탓인지 별나게 허름해 보였고 소매 끝이 축 늘어진 것이 도대체가 야물어 보이지 않았다.

"옷 같지도 않은데, 그냥 뚝 짜르세요."

"안 하겠수다. 옷 같지도 않다면서유? 어떤 옷이든 다 귀한 거유."

"동네 한 바퀴를 찬찬히 돌고 와유."

허름해 보이는 옷이라고 수선 값도 허술하게 보았나. 값을 물어보지도 않고 만 원 짜리 한 장을 불쑥 내밀었다. 그는 말없이 받으면서 나를 바라봤다. 아차! 했다. 십 년째 다니면서 그의 그런 슬픈 표정은 처음이었다. 한 번 수선이라고 손을 대면 비싼 옷이든 싼 옷이든 어렵기는 마찬가지인 것을, 툭 잘라서 오버루쿠만 치면 된다는 것은 순전히 내 잣대였다. 수선 값이 문제가 아니라 정제되지 않은 내 행동 때문에, 물론 그분은 그럴 리 없겠지만 나는 이제 그 집에 다시는 못 간다. 그 일은 평생 바친 일에 대한 그의 정체성과 자존감을 흔들어 놓았고, 그동안 쌓은 신뢰도 일시에 무너지고 있었다. 정작 수선해야 할 것은 내 가슴이었나.

올 들어 최강 한파라고 난리들이다. 어느 곳은 체감온도가 영하 20도까지 떨어졌다고 했다. 나는 두 눈만 내 놓고 바람 한 점 들어올 틈 없이 내 몸을 휘감았다. 점심모임이 끝난 일행 중에 한 분이 저녁모임까지 겹쳤는데 두 시간 정도 남았다고 했다. 자청해서 친구가 되 주겠다고 했다. "고맙지만 그냥 집에 가요. 워낙 강추위라, 혼자 다 맞을게요."

"괜찮아요. 화끈한 겨울, 엄청 좋잖아요? 뭐가 추워요? 내 옷 좀 보세요." 정제되지 못한 나의 말에 그녀는 놀란 듯했다. 주변 사람들도 나를 흘끔 쳐다보았다. 수선 집 아저씨가 나에게 정색하던 바로 그 눈빛들이었다. 모피코트가 귀하던 시절에 잘 차려입은 귀부인이 시장 통에서 콩나물 값 몇 푼을 깎는 격 떨어진 장면을 연상하게 했다. 지하철을 기다리는 승강장에서 푸르딩딩한 얼굴로 잔득 웅크린 채 서 있는 아저씨와 눈이 딱 마주쳤다. 숨고 싶었다.

지하철 안에서 스마트 폰으로 날씨 기사 제목만 우선 훑었다. 「냉동바람 칼바람」, 「한파와 싸우는 쪽방촌 겨울나기」, 「집 밖에 있는 공동화장실」, 「온수역 고장, 지하철 문 열렸어요. 사람 살려요.」 댓글도 읽었다. '마스크에 귀돌이 모자', '택배일은 냉동고', '가스 비 때문에 덜덜', '계속 웅크려 어깨 죽지 빠짐', '집이 추워 지하철 종일 탄다. 아!'라는 아픈 이야기가 주였지만 아주 가끔 꿈꾸는 동화 같은 내용도 있었다. '겨울아, 겨울아, 좀 덜 추어 줄 수는 없겠니?' 버스정류장에 온기텐

트가 등장하여 구청에 처음 감사함을 표시했다는 댓글도 눈길을 끈다, 온기 누리소, 동장군 대피소 등 배려의 마음을 가진 사람들은 이름조차 아름답게 짓는데, 무참해진 내 마음엔 오슬오슬 한기가 스며들기 시작한다.

늦은 밤 발을 동동거리며 버스를 타려고 기다려 본 적도 없었고, 시장에서 조금이라도 더 싼 물건을 사려고 이곳저곳을 기울인 적도, 한데에 서서 일 해 본 적도, 냉동 방에서 쭈그려 잔 적도 없었다. 애시당초 추위 옆엔 가지도 않았는데 춥지 않다니, 남을 이해 한다는 일은 어디까지나 이해에 불과할 뿐인가. 육칠십 년 대의 추위나 겨우 회상하면서 겨울이 겨울다워야지, 이딴 겨울이 뭐가 춥냐며 공공장소에서 큰소리를 치다니, 공감 능력 전혀 없는 간접경험은 모두 거짓이었나.

내가 두렵고 슬픈 것은 수선 집 아저씨의 슬픈 표정 때문이 아니라, 바람한 점 들어오지 않는 비싼 방한복 때문이 아니다. 늘 뒷북치며 아파하면서도 수선되지 못하는 이런 일들이 언제 끝날지 모르기 때문이다. 속절없이 또 한 해가 간다. 교양 책인 「아픔이 길이 되려면」만 애꿎게도 자꾸 펼쳤다 덮었다 한다.

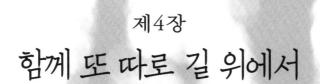

제4장

함께 또 따로 길 위에서

박순호
곽인희
한박성숙
김진희
반화자
김영순
이수연
김수경
박춘란

두부 만드는 날

박순호
soonho221@gmail.com

생중계하듯 전화로 설명하는 내게 엄마는 '다 맞는데~ 왜 안 되지'
하는 말만 되풀이 하고 있다. 답답하긴 나도 마찬가지다. 맥이 빠진다.
하라는 대로 다 해보았다. 간수도 적당히 넣었고 불 조절도 잘 했다. 정
성이 부족 했냐 물으면 아니라고, 온 정성을 다 했다고 그것만은 자신
있게 말할 수 있다. 콩물은 엉기지 못하고 되직한 죽이 되었다. 서로 엉
기지 못해 두부도 못되고 순두부도 되지 못한 콩 물을 다 버렸다. 재료
가 아무리 좋아도 서로 어울리지 못하면 버려지는 건 콩이나 사람이나
마찬가지인가 보다.

네 번째 도전하기로 했다. 낮에 담가 놓았던 한 사발의 콩이 세배는
되게 퉁퉁 불었다. 두 번에 나눠 믹서기에 갈았다. 참 번거로운 일이다.
간단하게 슈퍼에서 사면 되는 두부를 나는 왜 이렇게 유난을 떠나 하는
생각에 잠시 흔들렸다. 그러다 다시 머리를 젓는다. 건강이 나빠진 아
이에게 내가 할 수 있는 건, 몸에 좋은 먹거리를 먹이는 것뿐이었다. 음
식으로 고쳐 보겠다는 나 자신과의 약속을 지켜야 한다.

엄마에게 충분히 교육을 받고 두부 만들기에 도전했지만 번번이 실패했다. 몇 번의 실수도 경험이 되었는지 콩을 갈고, 콩 물을 짜고 끓이는 데까지는 척척 해냈다. 이번에는 성공할거라는 주문을 걸며 냄비 바닥이 눌지 않게 저어주고 있었다. 콩물이 끓으며 하얀 거품이 인다. 하얀 거품을 보자 느긋하게 앉아 달달한 카푸치노 한 잔 마시고 싶다는 생각이 더 간절해졌다. 이제 간수를 넣을 차례다. 소금에서 받아 낸 맑은 액체를 한 숟가락 조심스럽게 솥 가장자리에 두르기 시작했다.

엄마는 천천히 인내심을 가지고 지켜보라 했다. 버렸다고 생각이 들 때까지 기다려야 콩물이 엉긴다며 조바심치다 그르친다고 했다. 나빠진 아이의 건강이 내 탓이라고 자책하는 딸에게 에둘러 말하는 엄마였다. 이번에는 느낌이 좋다. 작은 입자들이 서로 끌어당기기 시작한다. 다시 한 번 간수를 넣자 자석이 쇠붙이를 끌어당기듯이 하얀 입자들이 모여든다. 솜털 같은 것들이 구름처럼 모이고 대신에 깨끗한 하늘처럼 물은 맑아진다.

"성공했다."

하고 흥분으로 소리치자 이 방 저 방 에서 문이 열린다. 콩물도 엉기고 가족들도 엉긴다. 모든 눈이 솥을 향할 때 보란 듯이 간수를 한 번 더 넣자 몽실몽실한 뭉게구름이 되었다. 뭉게구름을 한데 모아 베 보자기를 깔고 네모난 그릇에 담아 도마로 눌러 놓았다.

냉장고에서 김치를 꺼내 길게 썰고 두부는 각지게 잘라 나란히 놓았다. 싱싱하고 빨간 김치와 매끈하면서 뽀얀 두부가 한 쌍의 연인 같이 잘 어울린다. 두부가 만들어지는 과정처럼 딸도 힘든 시간을 잘 이겨낼 것이란 희망을 가져본다. 실패할 때마다 말없이 등을 토닥여 주던 남편이 몇 점 먹어보곤 엄지손가락을 추켜세운다. 실패와 성공의 차이가 무엇인지 설명할 길도 없이 나의 첫 두부는 그렇게 만들어졌다.

두부를 만들어 아이에게 먹인다는 소식이 전해졌는지 시골에 있는 언니에게서 콩이 배달되었다. 직접 농사지은 콩을 넣은 자루 속에는 베 보자기와 함께 편지도 들어 있었다. 다음에 또 보내주겠다는 언니의 글 이었다.

나는 일주일에 두 번은 두부 만드는 날로 정했다. 잠자기 전 물에 담가 놓았던 콩을 평소보다 한 시간 일찍 일어나 갈았다. 따끈따끈한 두부가 아침 식탁에 올라왔고 때론 순두부로 올라오기도 했다. 갓 만든 두부에 양념장만 있어도 아침은 거뜬했다.

엄마의 말대로 인내심을 갖고 느긋하게 기다리자 아이도 서서히 좋아졌다. 환하게 웃는 딸의 모습이 콩 물이 부풀어 오를 때처럼 뽀얗다.

앵두나무 집

무더운 날이었다. 야외 활동은 자제하라는 폭염 경보 문자를 받은 날이기도 했다. 낮 12시경 버스를 기다리는데 넘어질 듯 뒤뚱거리며 위태롭게 뛰어오는 한 남자가 있었다. 몇 발자국 앞에 있는 나무를 보고 그러는 것 같았다. 몸짓은 뛰고 있는데 발은 거의 제자리걸음이다. 나무를 꽉 부둥켜안고 꺾이는 다리를 세우느라 안간힘을 쏟는다. 조금 더 쉰다고 누가 뭐라 할 사람도 없을 텐데 이번엔 내가 앉아있는 의자를 향해 뛰고 있다. 민망해 고개를 돌렸다. 시큼한 땀 냄새가 훅 하고 풍긴다. 푸른색 체크무늬 셔츠가 등에 착 달라붙었다. 귀밑머리에서 목을 타고 줄줄 흐르는 땀을 목에 걸고 있던 수건으로 닦는다. 거친 숨을 몰아쉬는 남자는 발목까지 접은 곤색 바지에 흰색 운동화를 신었다. 짧게 깎은 머리에 챙 모자를 눌러 쓰는 모습을 쳐다보다 눈이 마주쳤다. 평온해 보인다. 오히려 잘해 내고 있다는 뿌듯함으로 가득 찬 눈빛이다. 이 눈빛을 어디서 보았더라. 생각하다 큰오빠가 생각났다. 많이 보던 모습이다.

오빠는 예순 두살에 중풍으로 쓰러졌다. 병원에서는 희망이 없다고 했다. 일주일 만에 의식이 돌아왔지만 예전의 몸이 아니었다. 하루아침에 바보가 된 오빠를 모시고 언니는 고향으로 내려갔다. 농사꾼이었던 오빠에게 마음의 평안을 주고 싶은 자식들의 배려였고 언니는 받아들였다. 힘든 시간들이 흐르고 오빠는 문을 열고 바깥을 내다볼 정도가 되었다. 그러다 지팡이를 짚고 마당가의 돌에 앉은 다음 햇볕을 쪼이기 시작했다. 며칠 후에는 비틀거리며 걷기 시작했다. 오른 팔은 기브스 한 것처럼 가슴을 향하고 손은 꽉 쥐어 주먹을 만들었다. 언니가 틈틈이 길러 논 상추와 고추가 심겨진 텃밭이 오빠의 일터가 되었다. 상추와 고추는 아예 주저앉아 뭉개는 바람에 짓이겨졌다. 언니는 어린아이 돌보듯 살피면서도 무관심한 척했다. 매일 흙투성이가 되는 옷을 갈아입히다 비닐 옷을 입혀 내보냈다. 오빠는 괴로움을 모르는 것 같았다. 마냥 어린아이 같이 행복한 모습이었다. 비가 오고 눈이 와도 오빠는 밭에서 일하느라 바빴고 일이 있어 행복해했다.

시간이 흘러갔다. 힘들어 할 언니를 볼 낯이 없어 오빠네 집을 일부러 찾지 않았다. 여전히 건강하게 행복하게 살고 있다는 소식만 듣고 있었다. 오 년이 흐르고 십 년이 흘렀다. 언제부터인지 오빠네 집을 앵두나무 집이라 불렀다. 우리 자매들이 오빠네를 찾은 것은 앵두가 익기 시작하는 6월 초였다. 모퉁이를 돌자 멀리서도 앵두나무가 보였다. 밭과 밭 사이의 길은 반들반들한 나무가 양 옆으로 길에 늘어서 있다. 울타리며 밭둑이며 산 밑까지 앵두나무 천지다. 마침 비가 온 뒤라 파란 잎 사이에 말갛게 씻긴 앵두는 터질 듯 맑은 구슬 같다. 흙이 있는 곳이면 무조건 앵두나무를 심었는지 장관이었다. 멋진 광경에 찬사를 늘어놓는데 오빠가 뛰어 나온다. 여전히 손은 국기에 대한 경례할 때처럼 왼쪽 가슴에 올라가 있고 한쪽 다리는 절고 말은 급하다.

"내가 다 심었떠. 내가 다 심었떠."

얼굴과 눈빛은 자랑스러움으로 가득 찼다. 나의 언니가

"우리 오빠 장하기도 하지. 세상에 이런 멋진 일을 하다니~"하며 등을 쓸어준다.

"갈 때 잔뜩 따 가도 돼. 많이 있떠."

흥분으로 발갛게 달아오른 오빠의 얼굴이 행복해 보인다.

믿을 수 없는 광경이었다. 관상용으로 언니가 몇 그루 사다 심은 것이 발단이었다. 오빠는 곁가지를 떼어 옮겨심기 시작했다. 하나가 둘이 되고 둘이 넷이 되며 꽃이 피고 앵두가 열리기 시작했다. 가지치기도 하며 모두 오빠의 손을 거쳤다고 했다. 말을 잘 듣지 않는 손을 이용해 어떻게 했을지 상상도 안 되었다. 앵두나무는 오빠에게 보답했고 더 많은 범위를 넓혀갔다. 길가에도, 긴 밭둑에도 앵두나무를 심었고 대문 입구에도 심었다. 5월이면 복숭아꽃처럼 분홍색과 하얀색 꽃이 바람에 날렸고 6월이면 빨갛게 앵두가 익어갔다. 파란 잎새 속에 구슬같이 조롱조롱 매달려 있는 모습은 탄성을 자아낸다. 보는 사람마다 멋지다고 사진도 찍고 일부러 찾아오는 사람도 생겼다. 오빠는 앵두를 한 바가지 따다 자랑스럽게 내밀었다. 보기와는 달리 새콤하고 그다지 좋지 않은 맛의 앵두를 방문객들은 많이도 먹고 돌아갔다.

오빠는 6월에 돌아가셨다. 중풍과 함께 산 20년의 세월이었다. 산소로 모시기 위해 오빠가 누워 있는 상여가 동네 입구에 들어섰을 때 앵두가 절정에 달했다. 파란 잎 사이사이에 다닥다닥 붙은 앵두가 이 날을 위해 준비한 듯 일제히 붉은 빛을 내뿜었다. 상여 뒤를 따르던 모든 사람들이 탄성을 질렀다. 친지들도, 앵두나무도 길게 늘어서서 고개 숙여 오빠를 배웅했다. 아름다운 앵두 밭이 바로 내려다보이는 곳에 오빠는 모셔졌다. 산에서 내려올 때 언니가 비닐봉지 하나씩 나눠주었다. 친지들이 흩어져 빨갛고 탱글탱글한 앵두를 따 봉지에 담았다. 초록 잎과 빨간 앵두로 가득 찬 밭에 하얀 상복을 입은 모습들이 이리저리 움직였다. 따뜻한 숨결이 느껴지는 앵두나무 집은 오빠를 빼놓고는 말할 수 없다.

아버지와 아들

곽인희
trip3000@hanmail.net

　구운 김 위에 새로 지은 따끈한 밥을 올리고 햄이나 계란을 한 조각 올린다. 양쪽에 앉아 제비새끼들처럼 입을 벌리고 있는 어린 아들 둘에게 하나씩 차례로 입에 넣어준다. 음식솜씨가 별로인데다 요리 취미도 없고 학교생활에만 열심인 젊은 엄마는 평생 최상의 컨디션을 가져 본 적이 없다. 그래도 이 순간 제비새끼들처럼 입을 벌리고 김 싼 밥을 먹고 있는 어린 아들이나 젊은 엄마는 행복하다. 그 시절은 너무나 빨리 지나가버렸다.

　중학생 시절 아들 둘은 똑같이 앉은 자리에서 햄버거 일곱 개씩을 먹어 치웠다. 자주 가던 부대찌개 집에서, 닭 한 마리 칼국수 집에서 한없이 라면사리를 추가해 종업원들이 턱을 괴고 신기하게 쳐다보는 구경거리가 되기도 했다. 누군가의 호의로 모처럼 중국요리를 코스로 먹은 날 마지막 식사로 큰 아이는 짜장면 곱배기를 시켰다. 빠듯한 살림에 식당으로 고기를 먹으러 가는 것은 어림없는 일이었다. 집에서 구워먹으려면 돼지고기는 무조건 두 근 이상 사야 했다. 한창 자랄 때여서 그랬으리라 짐작하지만 어찌 보면 엄마의 사랑이 흡족하지 않아 그렇게

나 먹을거리를 탐한 게 아닌가 싶어 엄마는 미안하다. 그렇게 아들들이 컸다.

우연히, 정말 우연히 시기를 잘 타고났던 덕분에 공부만 잘했거나 의욕이나 열정만 있어도 기회가 무궁무진했던 우리 세대와 아들세대는 너무나 달랐다. 시대가 바뀌면서 오천 년 동안 가장 똑똑한 젊은이들이 무한경쟁에서 낙오되고 좌절을 겪는다. 아들도 예외는 아니었다.

하나는 국가고시를, 하나는 전문직 고시를 공부하는 삼년 내내 둘 다 번번이 2차 시험을 통과하지 못했다. 아버지와 의논 한마디 없이 시작한 공부였다. 아버지 같이 회사 일에 얽매여 살고 싶지 않아서 그랬나 보다 짐작할 뿐이다. 한때 아버지의 자부심이었던 아들들은 이제 아버지의 분노의 대상이 되었다. 자식을 키우는 소임은 자신을 챙기고 가족을 돌보고 인류에 공헌하는 어엿한 한 인간으로 길러내는 것이라 굳게 믿는 아버지에게 아들들은 늘 자신의 기대보다 함량미달이다. 아들이 자신의 분신임을 믿어 의심치 않는 아버지는 친구 아들, 선배 아들의 승승장구를 볼 때마다 화가 더 치미는 듯 했다. 모임에서 처음 보는 사람이 무심코 말한 아들 자랑은 그의 예의 없는 말투보다 더 아버지를 분노하게 만들었다.

삼년 째 2차 시험에 실패하고 아버지의 싸늘한 눈총에 마음을 다친 아들은 같은 집에 살면서 대화는 물론 눈도 마주치지 않았다. 방문을 걸어 잠그고 마음까지 굳게 닫았던 아들을 참다못해 집에서 내보내고 아버지는 마음이 좋지 않다. 막상 아들이 나가고 나자 아버지는 아들에게 신경 좀 쓰라고 이제는 젊지 않은 엄마에게 말한다. 아들이 나간 빈 방을 볼 때 마다 엄마는 눈물부터 솟는다. 엄마는 다 자신이 잘못해서 이런 일이 생긴 것 같다. 어린 시절부터 바르게 사는 것만 최고라고 가르쳤던 게 후회가 된다. 험한 세상을 살아 내려면 독기도 있어야하고 자신만의 즐거움도 취미도 있어야 하고 공부보다 좋은 친구를 사귀는 게 더 중요하다고, 무조건 재미나게 살아야 한다고 할 걸 그랬다고 후회했다. 지나치게 반듯한 아들이 무력해 보여 엄마는 안타깝다. 사회생활을 준비해야 하지만 미처 준비가 되지 않은 아들의 어두운 얼굴이 엄마는 걱정스럽다.

스무 살도 되지 않은 나이에 사회생활을 시작했던 엄마는 모든 것이 낯설고 무서웠다. 이해할 수 없는 농담을 하는 뒤에 앉은 대리도 싫었고 옆자리에 앉아서 힐끔거리는 것 같은 남자직원도 싫었다. 버스에서 내리면 오래 걸어야했던 퇴근길도 무서웠다. 돈을 더 내준 고객에게 연락도 못하고 물어낸 일은 두고두고 속상한 일이었다. 엄마는 슬프고 억울했던 실수투성이 사회초년 시절을 아들에게 겪게 하고 싶지 않다.

아버지도 그랬을 것이다. 자신이 도와줄 수 있는 직업을 권하고 싶었을 테고 오대양 육대주를 누비며 살아 보고 싶었던 자신의 꿈을 아들들이 대신해주기를 바랬을 것이다. 소소한 작은 행복을 느끼면서 살고 싶은 아들은 아버지와 생각이 달랐다. 아들은 집을 나갔다. 엄마는 마음이 아프고 아버지는 기분이 좋지 않다.

일 년 가까이 애쓴 끝에 간신히 사회생활을 시작한 아들은 결국 아버지와 같은 길을 걷게 되었다. 아버지는 아직 미덥지 않은 아들에게 무시로 조언을 아끼지 않는다. 부부모임이 많아지면서 보기 좋은 부부들을 많이 보게 된다. 재미있고 여유 있는 사람들이다. 자식들이 그런 사람들과 섞여 살게 하고 싶은 부모 마음을 그들이 알게 될까. 그런 마음을 그들이 알게 될까.

날개가 자라 아들은 둥지를 떠났다. 제비새끼들처럼 입 벌리고 자기 차례를 기다리던 그 시절이 엄마는 몹시 그립다. 그 시절은 너무 빨리 지나가버렸다.

촬영소 풍경

　늙은 중년의 한 남자가 조금 더 늙어 보이는 아버지의 단추를 꿰어줍니다. 다 잠그고 보니 아차 한 칸씩 밀렸네요. 하나하나 단추를 풀고 다시 처음부터 꿰기 시작합니다. 아들의 손짓은 어눌합니다. 시간이 많이 걸립니다.

　다른 중년 남자가 늙은 어머니의 단추를 꿰어줍니다. 늙고, 작고, 마른 어머니는 아들이 단추를 다 잠글 때까지 얌전히 기다립니다. 이번에는 멋진 분위기를 풍기는 신사분이 늙은 어머니를 모시고 왔네요. 어머니는 촬영실에 들어갔다가 다시 나옵니다. 분명히 상의를 갈아입으시라고 말씀 드렸는데 바지만 갈아입고 나오셨다네요. 얼른 뛰어가서 도와드립니다. 멋진 신사 분에게서 '고맙습니다.' 소리를 듣습니다.

　부산에서 다섯 시간 반 운전해서 도착했다는 여자 분의 표정이 환합니다. 궂은 날씨에 새벽부터 힘들었겠다고 한마디 거드니 아니라고, 오는 동안 전국의 모든 날씨를 다 겪었다고, 바깥 경치 구경하고, 휴게소마다 들러 맛있는 거 먹고 놀멘 놀멘 와서 재미있었다고 합니다. 남편이 암환자인데 나들이 삼아 온다고 본인도, 남편도 즐겁답니다. 오히려 같은 말을 되풀이하는 저에게 목 아프겠다고, 맛있는 것을 주고 싶은데 자동차에 있다고 미안해 합니다. 얼굴 환한 부인 때문에 제 마음이 더 환해집니다.

여기는 X선 흉부촬영 하는 곳입니다. 큰 병원에 오면 가장 먼저, 가장 많은 환자들이 들르는 곳이지요. 몸의 어딘가가 좋지 않아서 촬영을 하는 곳입니다. 어디가 정말 좋지 않은지 검사하는 곳입니다. 평소에 볼 수 없는 까만 얼굴, 노란 얼굴, 백지장 같은 얼굴.. 그리고 저렇게도 마를 수가 있구나 하는 마른 몸과 몸의 여기 저기 구멍이 뚫려 있는 몸들을 보게 됩니다. 모두 한때 누구보다 아름답고 건강했던 몸들입니다. 그렇게 된 몸에게는 유전이든, 습관이든, 사고든 저마다 이유가 있고 사연이 있습니다.

귀 수술을 했습니다. 10여 년 전에 했던 오른쪽 귀 수술은 일주일 입원해야하는 큰 수술이었어요. 왼쪽 귀도 언젠가는 수술해야 할 거라고 하신 의사선생님께 왼쪽 귀를 마저 수술했답니다. 긴 회복기간을 거치고 나서 무언가 병원에 보답하고 싶은 마음에 자원봉사를 신청했습니다. 열군데 봉사처를 돌고 삼 개월 수습기간을 거쳐 방사선 촬영하는 곳에 배정이 되었습니다.

"X레이 촬영하러 오셨어요? 어느 분 촬영이세요?"

"본인 촬영이세요? 탈의실에서 상의를 전부 벗고 가운으로 갈아입으셔야합니다."

"단추와 쟈크 때문에 촬영이 안 된답니다. 옷을 갈아 입으셔야 해요. 목걸이는 빼시구요."

"브라의 금속 호크 때문에 옷을 갈아 입으셔야겠네요."

"골밀도 촬영은 바지도 갈아 입으셔야 해요. 팬티만 빼고 전부 갈아 입으신 다음 가슴 촬영 먼저 하시고 나서 5번방 앞에서 대기하시면 됩니다."

"면 티셔츠는 옷을 안 갈아 입으셔도 된답니다."

봉사시간 내내 쉼 없이 하는 말입니다. 한 분 한 분에게 목소리에도, 몸짓에도 주의를 기울여야합니다.

수백 명의 환자와 보호자를 봅니다. 다정하게 두 분이 손잡고 오시는 연로하신 부부의 모습이 정답습니다. 누가 환자인지 모를 정도로 누가 봐도 부럽게, 온 가족이 웃음 띤 얼굴로 농담을 나누면서 오는 분들도 있습니다. 아주 불편한 얼굴을 하고 그 얼굴과 똑같은 말투를 쓰는 남편이나 아내가 함께 오기도 합니다. 그런 분들은 은근히 제 옆에 와서 화내는 배우자의 흉을 보기도 한답니다. 하하하

전혀 화낼 상황이 아닌데 화를 내는 분도 가끔 있습니다. 몸이 아파서, 마음까지 아픈 사람입니다. 어쩌면 마음이 아파서 몸이 아파진 것인지도 모릅니다. 웃는 얼굴이 반갑습니다. 웃는 얼굴이 자신도, 보는 사람도 행복하게 만든다는 것을 또 배웁니다.

매주 마음공부를 합니다. 몸은 너무나 고되고 목도 아프지만 고맙다고, 내 몸에게 고맙다고 몸 뿐 아니라 마음에게도, 세상 모든 만물에게도 고마움을 하나 가득 품고 돌아갑니다. 전보다 조금 쯤 너그러워진 것 같습니다. 집에 도착하면 감사하는 마음을 하나 가득 품고 몸을 누입니다. 고생한 몸에게 휴식을 줍니다. 시도 때도 없이 여기저기 경보를 울리는 시원치 않은 내 몸을 더 사랑하게 되었습니다.

쌍꺼풀 수술(매력자본 만들기)

한박성숙
rarasroom@naver.com

　오랜 망설임 끝에 쌍꺼풀 수술을 감행하였다. 내 일생 중 가장 큰 사건이다. 살면서 늘 외모 콤플렉스에 시달렸다. 지금에서야 20대, 30대의 사진 속 나를 보면 순수하고 예뻐 보인다. 젊다는 것만으로도 아름답다는 것을 알게 되었다. 그나마 버티게 했던 젊음은 오래전에 사라지고 나는 많이 늙었다. 눈은 처지고 뺨과 턱은 늘어졌다. 점점 자신이 없어지고 우울하였다. 무서워서 하지 못했던 쌍꺼풀 수술이 해답일 것 같았다. 남편은 얼굴에 손대는 것을 심하게 반대하였다. 나조차도 쌍수를 했을 때 내 눈이 어떻게 바뀔까 걱정이 되고 겁도 났다. 용기가 필요했다.

　누가 뭐라던 내 얼굴 내 맘대로 하고 싶은 때가 왔다. 친구들과 주변 사람들이 소개한 강남과 압구정동 일대의 성형외과에서 상담을 받았다. 병원 두 곳에서는 먼저 눈썹 아래를 절개하여 처진 눈꺼풀을 올린 다음 두세 달 후에 쌍꺼풀 수술을 하자고 했다. 마지막으로 상담 받은 성형외과 의사는 내 눈꺼풀을 꼼꼼히 만져 보며 처진 눈꺼풀을 땅기기만 하면 오히려 눈두덩이 더 꺼져서 나이 들어 보일 거라고 했다. 두 번 수술 할 것이 아니라 바로 눈꺼풀을 절개해서 쌍꺼풀 수술을 하자고 했다. 설명을 들어보니 믿음이 갔다. 작정한 김에 아예 수술 날짜를 잡아 버렸다. 담당의사의 수술이 많이 밀려 3주나 기다리는 동안 수술을 해야 하나 말아야 하나 갈등하면서 속이 아주 들끓었다. 수술 전날까지도 마음이 요동쳤다. 남편 앞에서는 태연하려고 애를 썼다. 가뜩이나 수술을 말리고 싶은 사람인데 당장 취소하라고 할 게 뻔했다. 수술하기 전 남편에게 '당신 혹시 내 쌍꺼풀수술 결과가 마음에 안 들더라도 절대 말하면 안 돼. 보기 싫어하면 나는 소심해서 못 살 거야 알았지?' 하고 입을 꽉 막아 놓았다.

　수술은 오후 2시로 예정되어 있었다. 수술실에 들어가기 전에 의사는 나를 의자에 앉혀놓고 검정 펜으로 양쪽 눈꺼풀에 몇 군데 점을 찍어 디자인 하였다. 미리 모양을 잡는 듯했다. 뭐라고 설명하는데 긴장되어 도통 알아들을 수가 없었다. 대기실에서 수술복으로 갈아입고 기다리고 있으니 가슴이 콩닥콩닥 마구 뛴다. 아! 드디어 쌍수를 하는구나. 의사가 들어오기 전에 먼저 두 명의 간호사가 수술 준비를 하였다. 알코올로 침대를 소독한 후 그 위에 나를 똑바로 눕게 했다. 내 몸의 노출된 부위를 샅샅이 소독한 다음 목부터 다리까지 두꺼운 비닐로 덮었다. 긴장되어 온몸이 뻣뻣해졌다. 왼쪽 팔에 링거를 주입하고 똑딱 똑딱 맥박수를 재는 기계와 연결시킨 상태에서 수술이 시작되었다. 수술실 어디선가 음악이 흘러 나왔다. 내가 즐겨듣는 라디오 음악 프로였다. 다행히도 라디오 진행자의 익숙한 목소리를 들으며 점점 평정을 되찾았다.

　의사가 아주 가는 바늘을 사용하여 눈꺼풀에 부분마취를 하였다. 여러 군데 주사를 놓는데 순간적으로 따끔거리며 아프다. 피부를 절개하는데도 피는 거의 흐르지 않아 수술이 깔끔한 대신 시간이 더 걸렸다.

수술 시간이 1시간이 넘자 처음의 긴장감은 없어지고 눈꺼풀을 절개하고 꿰매는 의사와 수다까지 떨 지경이었다. 마무리까지 2시간 정도 걸려 수술이 끝난 후 대기실로 이동하였다. 수술한 눈은 생각보다 많이 아프지 않았다. 병원에서 알려준 대로 눈과 얼굴의 부기와 멍을 빨리 빼기 위해 냉찜질을 자주 하였다. 미리 배달시킨 호박 즙도 먹어보았지만 입맛에 맞지 않았다. 누워 있으면 부기가 잘 빠지지 않아 할 일이 없는 대도 잠을 실컷 못자는 것이 큰 곤욕이었다. 실밥을 뽑기까지 일주일이 가장 힘든 시기였다. 하루에 열두 번도 넘게 수시로 거울을 들여다보며 살았다.

차츰 부기가 빠지자 정말 내 눈은 많이 커졌다. 원래 쌍꺼풀이 있는 딸의 눈 보다 더 커진 느낌이었다. 외출 할 수 있게 되자 눈 화장을 하려고 골고루 화장품을 샀다. 베이스로 바를 연한 아이섀도, 진한 아이섀도 두 개에 속눈썹을 치켜 올리는 도구까지 사들였다. 여기에 눈매를 돋보이는 화장술까지 배운다면 더할 나위 없겠다. 쌍수 후 3개월 쯤 카톡 사진으로 나를 본 딸 친구가 '엄마가 예쁘시다'고 하여 갑자기 예쁜 엄마가 되었다. 우연히 만난 큰애 직장 동료로부터는 어머님이 미인이시라는 애기를 들어 내 귀를 의심하였다. 얼굴에서 쌍수 하나 한 것 치고는 대단한 결과였다. 몇 개월 만에 여고 모임에 나갔더니 너무 예뻐지고 분위기가 화려해졌다며 난리도 아니다. 쌍수 6개월 차 내 눈은 많이 자연스러워졌다. 최근에 만난 대학 친구에게 달라진 것 없냐고 물어보니 못 알아챈다. 쌍수해서 예뻐졌는데 몰라보냐고 했더니 그 친구 말이 걸작이다. '숙아 너 원래도 예뻤잖아.' 이게 웬일인가. 그렇게나 듣고 싶었던 말을 이제야 듣게 되다니. 그 말 한마디에 친구가 급속도로 좋아져 버렸다. 칭찬은 뭐니 뭐니 해도 외모 칭찬이 제일 상급인 것 같다.

딸아이가 예전 사진 속 엄마의 순하고 착해 보이는 눈이 그립다고 아쉬워한다. 길을 물어보고 싶을 만큼 착해 보인다고 놀린다. 쌍수 후 바뀐 모습에 후회하지 않느냐고도 묻는다. 나는 인상이 좋아 보인다는 말보다 예쁘다는 말이 더 좋다. 쌍수 후 쳐진 눈꺼풀이 없어져 늘어진 턱선과 잔주름 정도는 신경 쓰이지 않는다. 착각일지 몰라도 전체적인 얼굴의 느낌이 젊어진 것 같아 자신감이 생긴다. 외모는 누가 뭐라 해도 자기 자신의 만족감이 가장 중요하다. 나의 매력 자본 만들기 쌍꺼풀 수술은 대성공이다.

함께 또 따로 길 위에서

여름 휴가로 제주에 내려왔다. 남편과 큰애 휴가 일정에 맞췄다. 네 식구 다 같이 제주에 온건 오랜만이다. 그때는 겨울이었고 지금은 습기가 많고 무더운 여름이다. 더군다나 어린애 둘이 쑤욱 커버려 성인이 되었다. 하여튼 애들과 함께라면 어디인들 좋지 않을쏘냐. 남편은 떠나기 전날 아침부터 캐리어를 꺼내놓는다. 벌써부터 짐 챙기라고 야단이다. 휴가 첫날이라 느지막이 일어난 딸애는 아빠가 들떴나 보다고 한다. 그런가? 짐짓 나도 동조한다. 하지만 중요한 나의 여행준비는 이미 마친 상태라 급할 게 없다.

며칠 전 과감히 머리카락을 탈색하고 손발톱에 꽂히는 색깔로 메니큐어를 발랐다. 여행을 위한 칼라체인지. 그것만으로도 준비는 충분하였다. 하지만 웬걸. 부부공동 캐리어에 내 옷으로 가득 채워 넣었다. 2주일은 버틸 것 같은 많은 옷에 남편은 어이없어 한다. 아랑곳없이 나의 기분은 일찌감치 여행모드가 되었다.

다음 날 비가 온다는 예보가 있어서 제주 도착한 첫 날 일정은 빡세게 잡혀 있다. 이틀은 동부 쪽 해비치 리조트에 묵을 예정이라 우선 숙소를 중심으로 근거리 맛 집과 관광지가 여행코스였다. 출발 전 공항에서 샌드위치 한쪽을 먹고 제주 도착 후 렌트한 자동차로 예정되었던 고기국수 가게로 직행했다. 식사시간이 어정쩡해서인지 대기 없이 바로 자리에 앉을 수 있었다. 고기국수 국물을 한 숟가락 떠 먹어보니 걸쭉한 사골육수 같은 일본 라멘 맛으로 돼지삼겹살이 들어있다. 비빔국수는 쫄면을 연상 시켰는데 쫄면에 역시나 돼지삼겹살 수육을 고명처럼 몇 점 올려놓은 모양새다. 제주만의 독특한 국수를 먹고서 가게 앞 벤치에 한가하게 앉아 있으려니 파란하늘과 거리의 낯선 상점들이 눈에 들어오며 여행을 실감나게 한다.

해바라기 테마파크인 김경숙 해바라기 농장을 방문하였다. 입장권 3천원으로 해바라기 꽃밭과 주변 풍광을 구경하고 그 입장권을 농장에서 생산한 해바라기 상품으로 교환할 수 있었다. 아이디어가 좋았다. 판매대에 농장주가 직접 나와 있다. 우리는 볶은 해바라기 씨와 해바라기 기름을 사용한 뻥튀기로 교환했다. 더위 탓에 해바라기 꽃밭에 오래 머물지 못해서 아쉬웠지만 수 만송이 노란 해바라기 꽃에 파묻혀 보는 것으로 만족해야 했다. 샛노란 티셔츠를 입고 찍은 내 사진의 썬 글라스는 마치 해바라기 꽃에 콕 박힌 까만 씨앗처럼 보여 우스웠다. 날씨가 습하고 너무 더워서 우려대로 제주 여름휴가는 쾌적하기는 힘들 듯하다. 그럼에도 우리는 이 휴가를 최대한 즐겨야 한다.

다음 코스는 전복식당으로 오후 2시쯤 도착하니 대기 줄이 무진장하다. 가히 맛 집의 유명세가 대단하다. 3시 55분까지 오라고 번호표를 준다. 기다리는 시간동안 다녀오려고 가까운 비자림으로 향했다. 비자나무 숲은 처음이다. 비자나무 잎은 잎줄기 양쪽이 촘촘하게 갈라져 마치 머리 빗는 빗처럼 생겼다. 안내판에 비자나무 잎이 한자 '아닐 비'자

모양과 닮았다 하여 비자나무라 부른다고 적혀 있다. 잎을 확인해보니 다른 나무와 확연히 달라 비자나무를 구분 할 수 있게 되었다. 잎을 조금 따서 비벼 코끝에 대어 보니 시트러스향 계열인 듯 향기가 상쾌하다. 열매도 동그라니 예쁘다. 어찌나 덥던지 숲으로 들어가는 초입부터 지쳤다. 비자나무 숲 산책은 겨우 흉내만 내고 돌아 나왔다. 남편이 출입구 옆 카페에 가서 쉬었다 가자고 한다. 우리 중 유일하게 카페를 본 모양이다. 아직도 의외의 구석이 많은 남자다. 그냥 지나쳤으면 아쉬울 정도로 카페 '비자나무 숲'은 아기자기하고 예뻤다. 내 취향저격이다. 땀도 식히고 감성 또한 충만해져 번호표 받아놓은 전복식당으로 향했다. 전복돌솥밥, 전복죽, 전복구이를 주문했다. 고소한 전복죽과 쫄깃한 전복구이가 맛있다. 애들은 단 호박이 들어있는 전복돌솥밥이 맛있는 모양이다. 한 그릇 뚝딱 비우고 누룽지까지 먹는다.

새벽 5시에 일어나 여태 길 위에서 강행군하니 모두들 피곤한 기색이 완연하다. 차로 이동하는 사이사이 잠에 취해 비몽사몽이다. 운전병 남편은 잘도 견딘다. 호텔에 도착해 좀 쉬고 나자 저녁에는 프렌치 레스토랑 밀리우가 기다리고 있었다. 대나무로 만든 아치형으로 각각 독립된 공간이었다. 자연친화적이고 아름다웠다. 식사메뉴 중 6코스를 주문하였다. 음식이 나올 때마다 직원의 자세한 설명이 이어졌다. 식사시간은 대략 3시간 가까이 걸렸다. 코스요리는 입이 아니라 눈으로 먹은 것 같았다. 그 만큼 아름답고 특별한 그림 같은 음식이었다. 우리는 숙소에 돌아와 씻기가 무섭게 그야말로 혼수상태가 되어 곯아 떨어졌다. 가족들의 다양한 코고는 소리에 둘째는 방을 나와 거실 한 구석지에 이부자리를 깔았다.

아침부터 천둥 번개 치는 소리가 요란하더니 비가 억수로 내린다. 늘어지게 자고 표선에 있는 가까운 카페로 이동했다. 비가 얼마나 많이 퍼붓던지 우산이 있는데도 차에서 내리지 못 할 정도다. 겨우 카페 출입문에 차를 바짝 대고 뛰어 들어갔다. 빗속의 카페에 앉아 빗속의 바다를 바라보며 베이글과 커피 한 잔으로 아침을 때웠다. 여행 중에 일상과 또 다른 평온함을 느낀다.

오늘은 뭘 하며 보낼까 검색해보니 30여분 거리에 정원이 아름다운 '그림상회'라는 갤러리 카페가 뜬다. 비가 오락가락 하기에 출발하였다. 나선지 10여분 만에 호우 주의보가 내리고 폭우가 쏟아져 도로 위에 빗물이 흘러넘친다. 애들은 숙소로 돌아가지 못하면 큰일이라며 바로 되돌아가자고 한다. 대책 없이 나는 그럼 거기서 자면 되지 해보지만 앞일을 알 수 없어 사실 불안이 커진다. 결국 차를 돌려 돌아와 점심을 먹고 났더니 그새 비가 그쳐 버린다. 이쯤에서 가족들의 의견이 엇갈린다. 결국 우리 가족 네 명의 한 팀 여행은 둘씩 두 팀 으로 나뉘었다. 애들 팀은 호텔 수영장에 즐기러 가고 부부 팀은 비가 와서 포기했던 카페 '그림상회'로 다시 출발했다. 애들이랑 떨어져 내 마음이 조금 아쉬웠지만 금세 털어버렸다.

가족이라는 이름으로 언제나 함께 해야 할 필요는 없었다. 여행이든 인생이든 때로는 서로 다른 길을 돌아 다시 만나는 기다림의 시간이 필요 한 것 같다. 내일도 모레도 우리 가족은 서로의 개성과 취향을 존중하며 '함께 또 따로' 길 위에서 여행을 계속 할 것이다. 더불어 우리 앞에 놓인 수많은 인생여행 얘기 또한 다양하고 풍성해 질 것이다.

영화 '자전거 탄 소년'

김진희
bondgil@hanmail.net

　야생동물처럼 뛰쳐나가는 11살 소년 시릴을 쫓아 가면서 영화는 시작된다. 보육원에 맡겨진 시릴은 아버지를 찾기 위해 필사적으로 탈출을 시도하고 결국 아버지를 만나지만, 아버지가 자신을 의도적으로 버렸고, 가장 아끼는 자전거도 팔아버렸음을 알게 된다. 소통이 차단된 시릴은 그저 살갑게 대해주는 동네 형의 부탁으로 범죄를 저지른다. 그것에 대한 대가로 받은 돈을 가지고 다시 아버지를 찾아 가지만 철저하게 거부당하고 자괴감으로 자해를 하며 괴로워한다. 우연한 기회에 시릴의 방황을 마주하게 된 사만다는 시릴에게 자전거를 찾아 주면서 시릴의 주말 위탁모가 되어 준다. 사만다는 시릴을 동정하지도 않고 크게 잘해주려 하지도 않는다. 절망과 정에 굶주려 헤매는 시릴을 어떻게 해야 하나? 라는 마음으로 그저 함께 한다.

　10대 소년 시릴의 성장영화이기도 하면서 어른 사만다의 사회적 책임과 한계를 다룬 영화이다.

　감독 장피에르 다르덴, 뤽 다르덴 형제는 벨기에 다큐멘터리 감독 출신답게 일체의 영상적 기법과 효과를 배제하고 다소 건조하게 흔들리는 눈빛의 소년 시릴에 집중한다. 핸드헬드 기법 촬영은 관객들로 하여

금 어른의 눈높이에서 시릴을 염려와 연민의 눈빛으로 소년을 계속 바라보게 만든다.

소년의 불안한 정서로 끊임없이 뛰거나 자전거 패달을 밟을 때 다르덴 감독이 유일하게 사용한 베토벤 피아노 협주곡 NO. 5 황제는 시릴에게 우리 모두가 바라는 응원의 마음을 잔잔하게 전한다. 어린 소년이지만 자신의 잘못된 행동으로 타인에게 고통을 주었다면 그것에 대한 책임과 행동도 영화 후반부에서 담담하게 제시한다. 자신의 잘못에 대한 댓가를 담담하게 받아들이고 툭툭 털고 일어나 자신을 기다리는 사만다를 향해 패달을 밟는 시릴의 마지막 장면은 작은 희망의 불씨를 보여줘 조금은 단단해진 시릴에게 마음으로 박수를 보내게 된다.

아무 이유 없이 함께 하는 사만다에게 왜 자기를 도와주느냐고 묻는 시릴에게 사만다는 '네가 날 필요로 했으니까'라며 웃는다. 영화가 끝난 후에도 '누군가 나에게 도움을 요청했을 때 나는 기꺼이 손을 내밀 수 있을까? 그 책임의 한계는 어디까지일까?'를 생각하게 하는 멋진 영화다. '자전거 타는 소년'은 2011년 칸영화제 심사위원 대상을 수상하며 극찬을 받았다.

welcome to 비수구미

반화자
bangaun72@naver.com

훅 창밖으로 간판이 스치며 지나간다.

"비수구미" 어!⟨?⟩ 내가 가보려고 했던 곳인데…

집에 있으면 꼭 손해 볼 것 같은 녹작지근한 바깥 날씨 탓으로 무작정 강원도 화천을 가던 중 오지마을 비수구미를 만난 것이다. 얼른 차를 돌려 외길 흙투성이 덜컹거리는 도로를 한참 가고나니 길은 끝나고 더 이상 갈 수 없는 강이 가로막았다. 마을은 보이지 않고 주차 되어 있는 몇 대의 자동차만이 덩그러니 적막할 뿐이다. 산 위 쪽으로 "웰컴 투 비수구미" 안내표지가 보인다. 나무계단을 올라와 산꼭대기로 걸어가는 길은 재미있고 생소하다.

어떻게 동네가 산 위에 있을까?

운치 있는 이쁜 산길과 내려다보이는 푸르른 강물은 나무다리와 더불어 근사하다. 숨어 살고 싶은 멋진 풍경들이다. 곳곳에는 움트는 나무들이고 강물 한 끝에는 아직 얼음이 두툼하다. 아마 눈 오는 날의 풍경은 상상만으로도 흠뻑 멋질 것이다. 아무도 없는 산속 오솔길을 타박타박 느긋한 발걸음으로 걷는 소리가 행복하다. 물소리, 맑은 바람소리, 청량한 쪽빛 하늘, 덩달아 나도 스며드는 듯 느슨해진다.

'정말 오지구나, 잘 왔어'

산을 넘고 강을 건너 비수구미는 꽁꽁 숨어 있었다. 다리로 연결된 강을 지나 집이 몇 채 되지 않는 이곳에 마을이 있으리라고는 상상이 되지 않는 곳이다. 둘러 둘러 도착한 곳은 "인간극장"에 주인아주머니가 나와서 많은 손님이 온다는 산채비빔밥 집이다. 점심시간이 한참 지난 후 드문드문 식사를 마친 아줌씨들의 소란스런 이야기가 산속의 고요함을 무너뜨린다. 솔솔 풍기는 들기름냄새에 갑자기 배가 고파졌다. 푸짐한 인상의 아주머니는 이곳으로 시집 와 낚시하러 오는 사람들 밥을 해주다 알음알음으로 차도 닿지 않고 길도 제대로 없는 산속에서 음식 솜씨 하나로 숨겨진 이 동네를 소문나게 했단다. 수없는 가짓수의 나물반찬과 장아찌와 부침개, 된장찌개, 내 입맛에 딱이다. 맛있는 엄마 손맛으로 뿌듯하게 배부르다. 가까이 있다면 자주 들러 먹고픈 집밥이다. 마주앉은 남편도 맛있다며 입안이 그득하다. 엄마의 따뜻한 집밥이 나를 챙겨주는 밥상이 나는 늘 그리웠다. 단 한 끼도 내가 지어 내가 먹었으므로 제일 맛있는 밥상은 누가 날 위해 차려주는 밥상일 것이다. 나만을 위해 차려진 듯한 소박한 음식 앞에서 문득 그리움이 일렁인다. 얼른 그 마음을 접으려 멀뚱허니 밖의 풍경들에 눈을 돌린다.

얼마 전 일본영화 "심야식당"을 보았다.

사소한 밥 한 끼에 그리움이 묻어나는 잔잔한 스토리, 무얼 먹느냐 보다 누구와 먹느냐가 중요하다 말한다. 한밤의 뒷골목 심야식당(밤 12시부터 아침 7시까지)에서는 손님들의 구석구석 이야기가 음식과 함께 조곤조곤 이어간다. 웃음으로 눈물로 사연을 담아 음식으로 마음이 소통되는 심야식당의 이야기는 다정하고 소박하여 쓸쓸하기까지 한 아주 사소한 우리의 일상이다. 무뚝뚝하지만 배려 깊은 식당 마스터(주방장이며 주인장)는 그냥 말없이 음식을 만들며 그들의 얘기를 끄덕이며 들어준다. 그는 함께 곁에 있다는 마음을 전달하는 듯 인생의 깊이를 다 느껴본 사람처럼 편안하다. 그의 너른품과 담담한 태도는 내게 매력으로 다가왔다. 아주 소소한 이야기에도 시간 가는 줄 모른다. 영화에서처럼 가끔 그렇게 수다스럽게 나를 풀어헤치고 싶은 날이 있다. 오늘은 저 흐르는 비수구미 강물에 나의 속엣말을 그저 흘려보낸다.

산속 식당 아주머니는 평생을 오지 한 곳에서 묵묵히 삶을 잘 살아냈다. '默默하다'의 의미와 가치를 새삼 생각하게 하는 이곳 江村(깡촌)이다.

잠시 스치듯 들른 비수구미는 정지신호처럼 멈추어 고즈넉하다. 며칠 머물러 맛있는 밥상 받으며 빈둥거리고 싶다. 마당 한 켠 검둥이는 또 오라며 멀리까지 날 따라나선다. 산수유가 움이 트고 진달래도 통통하게 살이 올라 곧 지천으로 꽃이 필 것이다. 비수구미의 사계가 궁금하다.

너와 거리를 둔다

오랜만에 전화가 왔다. 반가운 목소리로 얼굴 볼 수 있냐고.

내심 엄청 반가웠다. 오늘의 선약들은 거저였고 온통 약속에만 마음이 휘둘렸다. 서두르며 가는 중간에 다시 온 전화는 딸이랑 저녁 약속이 있으니 다음에 보자며 무심한 듯 전화는 끊겼고 댓글 한 줄 조차 없다. 그래, 그렇구나.

아무렇지 않은 척 그럴 수도 있지. 홀홀 털어버린다. 섭섭함을 시간에 맡겨두고 바삐 돌아치다 느지막이 들어왔다. 야금야금 정 들었던 시간들을 예전으로 돌려놓으려 안간힘을 부려본 하루가 버겁게 지나갔다.

오늘 그 틈새를 비집고 내 속에 한 아이가 서 있다. 초등학교 저학년쯤 동생을 업고 건너 마을로 옥수수 튀밥을 튀기러 갔다가 어둑어둑 늦어서야 집에 들어간 날 새엄마는 싸늘했다. "애기가 추울 텐데 이제 오면 어쩌냐"며 포대기에서 애기만 달랑 들어 안고 방으로 들어가 버리는 새엄마의 뒷모습에 나는 아주 낯선 곳에 홀로 남겨진 듯한 설움을 느꼈었다. 긴 줄에 서서 동생이 추울까 동동거린 나는 "나도 추웠고 힘들었다.”고 말하고 싶었다. 뻘쭘하게 아무 말 못하고 이불을 뒤집어쓰고 울때마다 새엄마와의 거리감이 느껴질 때면 문득 문득 엄마를 그리는 그리움이 일었다. 조금씩 마음 접기를 했고 또래친구들과 노는 것보다 혼자 있는 시간이 좋은 말수 적은 애어른으로 철이 들어갔다. 동생은 새엄마가 낳은 띠동갑(12살 아래) 여동생으로 참 많이 돌보며 예뻐했는데 새엄마는 그날 나는 보이지 않고 동생만 보였다. 그때의 기억이 조금이라도 바랬으면 좋았을 것을…. 새엄마도 새침데기 날 키우느라 맘고생이 많았을 거로 생각한다.

사람과의 관계에서 그럴 수 있음을 알면서도 마음은 반대로 달음박질치듯 내달린다. 어느 날 친구에게 상담을 했는데 친하다는 이유로 훗날 상처가 되어 돌아온 적이 있다. 나의 불행이 친구에겐 위로가 되었는지 속으로는 나보다 자기 처지가 낫다고 안도했는지는 모르겠다. 너무 다가가면 아픈 일이 생기고 너무 떨어지면 외로운 것 같고 관계에 서툰 나는 아직도 많이 어설프다.

거실 한 귀퉁이 다육이(선인장과)가 그저 저 혼자(?) 잘 크고 있다. 수년 간 관심을 갖고 물을 듬뿍듬뿍 주고 정성을 기울였으나 늘 뿌리는 물러서 썩어버리기를 반복하며 죽어갔다. 수없이 사들여도 다육이의 개수는 늘지 않았다. 다육이는 말라비틀어져 갈증이 극에 달했을 때 아주 조금 목을 축일정도의 물만 있으면 된다는 것을 훗날에야 알아졌다. “제발, 관심 좀 꺼주세요. 그저 지켜만 봐요.” 방치한 듯 냅둬달라는 다육이와 다 컸다며 엄마의 잔소리가 싫다는 자식이 많이 닮아있다. 사랑이라는 이름으로 ‘거리’를 인정하지 않고 ‘내 새끼’라며 품고 싶은데 새끼들은 나의 관심이 아닌 무관심을 받고 싶다고 한다. 삶의 아이러니이다.

"거리라는 것이 얼마나 위대한 의미를 갖는지 사람들은 잘 모른다. 떨어져 있을 때 우리는 상처받지 않는다. 이것은 엄청난 마법이며 동시에 훌륭한 해결책이다." "깊이 얽힐수록 서로 성가시러워진다. 지나치게 관계가 깊어져 서로에게 어느덧 끔찍할 정도로 무거워 진 덕분에 문제가 생긴다. 약간의 거리는 이때 필요하다. 서로의 신상에 대한 지나친 관심은 금물이다. 신상을 털어놓는 그 순간부터 특별한 관계가 되었다는 착각이 피어나기 때문이다. 자녀도 타인 중에 특별히 친한 타인이다."

-소노 아야코(약간의 거리를 둔다)에서-

일본 여성작가의 시선은 냉정하게도 다 맞는 말이다. "뭘, 그리 연연해 하니, 나처럼 적당히 해보렴." 소노 아야코가 던지는 참 말이다. 언제쯤 소소한 감정에서 자유로울 수 있을까. 거리조절(관심의 수치)의 노하우는 오랜 시간만이 할 수 있는 영역이다. 아끼는 사람일수록 더 약간의 거리와 세심한 배려가 필요하다. 늘 동일한 간격으로 내달리는 기찻길처럼 알맞은 아름다운 거리는 내내 나의 과제일 것이다.

그래도 마음을 툭 털어버리고 싶은 날은 툭툭 털며 살 일이다.

여섯 살

김영순
hylee5709@nate.com

　머리에는 하얀 눈이 쌓이고 신발 속에는 눈이 녹아 질척거린다. 쌩쌩 부는 겨울바람에 코끝과 눈물이 뒤범벅되고 얼어붙은 소매 깃은 반짝반짝 윤이 난다. 얼굴은 쓰리고 아프지만 언니와 나는 창피함도 모르고 두리번거리며 황홀함에 빠져든다.

　많은 인파 속에 파묻혀 해바라기 속 작은씨앗 같은 우리는 형형색색 불빛에 반짝이는 진열장 유리 안 수많은 보석에 눈도장을 찍고 벌어진 입은 다물어 지지 않는다. 진열장 한가운데 커다란 유리알의 반짝이는 멋진 색은 어린 나도 욕심이 났다. 걷다가 지쳐 언니에게 배고프다고 떼를 써보지만 자기보다 만두를 많이 먹었다며 핀잔을 준다.

　어른들 다리 사이로 이리치고 저리 치이면서도 나는 언니 손을 꼭 잡았다 길거리에 호떡 굽는 냄새에 멍하니 바라보다가 "네가 거지야?"하며 손을 잡아끄는 언니 힘에 나는 넘어져 참고 참았던 눈물이 주르륵 났다. 나는 엄마를 부르며 언니를 힘들게 했다.

　언니는 초등학교 저학년이고 나는 여섯 살 난 꼬마다. 어머니께서는 곗돈을 손수건에 싸서 바지 안주머니에 넣어 주고는 을지로에서 장사하시는 분께 전하라는 심부름을 보냈고 차비와 떡볶이 값도 챙겨주었다. 언니는 신이 나서 빨리 가자며 나의 손을 잡아끌었다. 손을 놓치면 안 된다는 생각에 나는 언니 손을 꼭 잡고 버스에 올라탔다. 항상 용감했던 언니는 여섯 살 때인가 집을 잃어버리고도 팬티와 러닝셔츠 차림으로 경찰서에 태연히 앉아 있는 언니 사진은 지금도 미소를 짓게 만든다.

심부름도 다하고 떡볶이와 어묵도 맛나게 먹고 버스정류장으로 향했다. 버스를 기다리고 있는데 언니가 말했다. 눈이 오니 걸어 가자고. 버스 정거장 앞 만두 가게의 모락모락 오르는 뜨거운 김 속으로 우리는 아무 생각도 없이 들어갔다. 그 시절에 유명했던 을지로 중국 만두 가게에서 만두에 찐빵에 맛난 음료수까지 마시니 언니가 참 멋져 보였다. "야 일어나 걸어가야 돼." 차비로 만두를 사먹었으니 집으로 돌아가는 그 먼 길, 우리는 걷기 시작했다. 술 집 예쁜 언니들이 밖에 나와 서성이는 을지로를 지나 아름답던 보석 길은 지금의 충무로 길인 것 같다. 영화관 간판과 그림액자도 구경하고 여자들 높은 힐, 미니스커트 구경 삼매경에 빠져 힘들 줄을 몰랐지만 남대문에서부터 지옥 길 시작이었다. 겨울 밤은 금세 어두워지고 춥고 졸리기까지 하니 더욱 힘들어졌다. 서울역을 지날 때는 거지들이 우리가 불쌍한지 대면대면 쳐다본다. 배가 남산만한 아저씨가 내 얼굴을 꼬집고 웃는다. 나는 무서워 언니에게 빨리 가자며 옷자락을 잡아 끌었다. 손과 발이 얼어 감각이 없었지만 빨리 집에 가야 한다는 생각뿐이었다.

언니가 미안한지 손으로 코를 풀어 주었다. 언니를 때리고 싶었다. 고개에 올랐을 때 버스정류장 앞에서 아버지가 있으면 하는 간절한 바람은 이루어지지 않았다.

나는 슬며시 언니 손을 놓고서는 시장 안 엄마 친구 국수 집에서 맛난 국수를 먹고 집으로 향했다. 집에 도착하니 여덟 명의 우리 식구 중 아무도 내게 관심 주는 이는 없다. 언니가 먼저 들어가 혼나기를 바랬으나 따뜻한 밥상을 받고 있고 엄마의 손은 분주하게 움직인다. 그새 아주머니가 전화를 했는지 나를 보며 엄마는 눈을 흘긴다.

그때 그래서일까. 욕심이 많아진 나는 '자신은 스스로 챙겨야 한다'는 생각을 갖게 되었다. 그 다음날부터 나는 서너 날을 심한 고열과 기침으로 고생하다가 급성폐렴에 병원에 입원까지 하게 되었다. 지금도 그 후유증인지 가끔씩 큰 숨을 쉬곤 한다.

살면서 여러 나라를 여행하고 이런 저런 당황스런 일도 많았고 에피소드도 많았건만 여섯 살 때 용감했던 나는 그 어디에도 없다. 그 당시 우리 집은 을지로에서 버스로 여덟 정거장 거리에 있는 마포로 여의도에서 소금바람이 부는 언덕길에 살고 있었다. 그 먼 옛날의 짧았지만 길었던 겨울 밤 서울 시내 여행은 머리 속에 진한 추억이 되어 잊혀지지 않는다. 여섯 살 꼬마의 겨울 여행이었다.

김과 어머니

　아침을 준비하던 중 구운 생김에 밥을 싸먹고 싶다는 작은 아이 얘기에 김을 굽다가 문득 돌아가신 어머니를 생각했다.

　대가족이었고 생활도 그리 넉넉하지 않았던 어렸을 적 어머니께서는 자르지도 않은 구운 생김을 두세 장씩을 각자에게 나누어 주었다. 먹는 속도가 늦던 나는 늘 텅 빈 접시만 바라보아야했는데 그 후부터는 밥상이 즐거워졌다. 김 한 장이 아까워 맨 간장에 밥을 드시던 어머니는 생김에다가 맛있게 밥을 먹는 우리들을 보면서 행복하셨을까.

　어머니는 전라도 남쪽 끝에서 아버지와 함께 서울로 상경하셨고 우리 6남매를 낳고 기르셨다. 그 와중에 할아버지와 여러 삼촌도 함께 사는 대가족을 봉양하였으니 그 작은 체구에 피곤을 달고 사셨을 게다. 자주 앓았지만 기껏해야 동네 약국 조제약으로 버텼다.

　내가 결혼하고 다음 해 겨울 어머니는 갑자기 치통이 심해졌다. 당뇨로 염증이 잡히지 않는다고는 했지만 심한 병증이 아니라고 했고, 신촌 대학병원에 입원을 하실 때만 해도 바로 퇴원할 것이라 생각하였다. 지금도 병원에 갔을 때 환히 웃던 어머니 모습이 잊혀 지지 않는다. 나는 그때 큰아이를 임신 중이었고 거동도 편하지 않았다. 거기다 고된 시집살이에 자주 찾아가 뵙지도 못하던 초 여름날, 어머니 병세는 갑자기 심해지셨다. 갓 쉰을 넘긴 나이였다. 죽음이라는 단어는 전혀 생각지도 못한 그때 어머니의 갑작스러운 죽음은 그 상황조차 받아들이기 힘들었고 무서움과 공포감 때문에 나는 눈물조차 나오지 않았다. 더욱 부끄러운 것은 가슴 깊이 슬픔을 억누르고 어머니의 빈자리를 어떻게 채워야 될지, 결혼한 나로서 어린 동생들은 어떻게 감당해야 하는지 막막하여 가족들에게 크게 신경을 쓰지 못하며 살아온 것이다.

유난히 자존심이 강한 어머니는 외가의 삼촌들과 숙모와 그 조카들까지 살뜰히 챙기고 친가 식구들도 친동생들처럼 챙기던 분이었다. 우리 6남매보다도 친척들을 먼저 챙기는 어머니가 이해되지 않았다. 서운했고, 불만도 쌓여갔다. 어머니가 그렇게 살뜰히 챙기던 외가 식구들도 맏이인 어머니가 돌아가시자 차츰 멀어지게 되었고 왕래도 없어 이제는 이웃사촌인 남들보다도 못하게 되었다. 대가족으로 웅성이던 집안은 썰렁해졌다. 혼자된 아버지는 자식들만큼 챙겼던 친인척들도 멀어지니 인간사가 다 그런 거라고 한숨을 쉬었다.

대가족을 부양하던 맏이인 어머니가 밥상 앞에서 김 두 세장씩을 각자에게 배분한데는 이유가 있었을 것이다. 6남매 그 누구에게도 서운한 밥상이 되지 않게 하려는 어머니의 배려였을 것이다. "우리 딸 살찌는 거 한번 보고 싶다"고 입버릇처럼 말씀하셨던 어머니….

어릴 적 유달리 몸이 약한 나는 늘 어머니의 근심거리였다. 나는 맏딸과 첫아들 사이에 끼여 집안 어른들께는 못난이로 통했다. 형제들과 놀다가도 아버지가 손을 벌려 안으려고 하면 언니가 먼저 안기고 나는 반대편으로 도망갔다. 왜 그러느냐고 물었지만 지금도 그 이유를 알 수가 없다. 그럴 때마다 어머니는 나를 달래며 가만히 안아 주시곤 했다. 여러 달 학교를 빠진 적도 있었는데 어머니는 나를 꼭 안으며 "우리 딸 아프지만 말아라, 아프지만 말아라." 하셨다.

아침 식탁에 김을 구워 내 놓다가 어머니를 생각한다. 겨울에는 햇생 김이 최고의 건강식이라고 하시던 어머니가 다시 살아오신 것 같다. 어머니가 하신 것처럼 나도 생김을 구워 두 세장씩 각자에게 나눠준다. 각자 김을 싸먹으며 말이 없다. 나도 부지런히 김에 싸서 밥을 먹는다. 모두가 공평하게 김을 싸먹을 수 있도록, 행여 누구라도 서운한 감정을 갖게 될까봐 대가족에서 살아남는 방법을 터득한 어머니의 지혜였을 것이다.

올여름 유난히 더웠던 탓인지, 혹한의 겨울이다. 오늘은 아무리 춥다 해도 어머니를 뵈러 가야할 것 같다. 어머니는 용인에 계신다. 생김 몇 장 구워 올려놓고 엄마 엄마 엄마… 몇 번이고 불러보고 와야겠다.

이렇게 떠나면 될 것을

이수연
stella5345@naver.com

대설주의보로 온 땅이 눈에 휩싸여 풍경은 백야이다. 가족여행의 첫 출발을 알리는 기상체크는 마치 새벽을 울리는 종소리처럼 요란했다. 폭설로 인해 교통체증을 예상한 남편은 성격만큼이나 분주했다.

드디어 열네 살 딸이 그렇게도 원하던 일본여행이 시작되었다. 공항에서의 내 모습은 어설프기 짝이 없고 낯설다. 남편이 재빨리 체크인 데스크에서 수속을 밟고 있었다. 어느새 바보가 된 듯했다. 공항은 참 익숙한 곳이었는데 이제는 낯설게만 느껴진다. 기다림 속에 내 손은 분주히 워드를 치고 있다.

신주쿠역 근처에 있는 호텔에 체크인하고 나선 거리는 그야말로 인산인해에 발 디딜 틈이 없었다. 하라주쿠와 시부야 거리를 돌며 딸이 좋아하는 캐릭터 상품들을 사기위해 미리 정해놓은 샵을 향해 발걸음이 가뿐하다. 자유여행인 만큼 남편은 교통을 책임지고 나는 짧은 일본어로 소통하며 새로운 것들과 호흡하는 시간은 육체의 피로도 잊게 했다. 내 몸 상태로는 도저히 불가능 할 것만 같았던 것이 실현되고 있었다. 오래전 출장으로 몇 차례 왔었던 일본은 늘 친근감이 가는 곳이다. 하라주쿠와 시부야의 밤은 깊어만 가고 있다. 화려한 네온사인에 시간가는 줄 모르고 한없이 걷고 딸아이의 마음을 충족시키기에 바빴다. 그러나 마음 한 구석엔 나만의 자유로운 여행을 꿈꾸고 있었는지도 모른다.

다음날, 하코네온천 주위를 프리투어 하기위해 가족은 쪽잠을 자고 열차를 기다리고 있었다. 남편의 서두르는 버릇 때문에 이처럼 기다림의 연속이다. 낯선 곳을 찾아간다는 긴장에서일까 일치감치 도착한 열차 역은 한산한 기운이 맴돌고 안내 방송만이 메아리쳐 울렸다. 얼마의 시간이 흐르고 난 뒤 딸에게서 미소가 번졌다. 열차 밖의 모습은 정겨웠다. 서민들의 삶이 묻어나는 아담한 집들이 창밖을 가득 메웠다. 그야말로 일본의 전통식 가옥이다. 한참을 바라보다 잠시 눈을 붙이고 다음 코스를 위해 쉼을 맞이했다.

하코네 산을 향해 가고 있다. 지하철, 열차, 전차, 케이블카, 버스, 로프웨이, 크루즈 등의 여러 교통편을 이용해서 다니노라면 힘겨울 만도 한데 아름다운 경치와 떠남이 주는 즐거움에 고달픔도 잊은 채 현장에서 만큼은 모든 것이 무소속이다. 정상에 오르자 후지 산과 마주하고 있다. 하코네 산은 가나가와 현과 시즈오카 현에 걸쳐 있는 화산으로 많은 온천이 산허리에서 용출하고 있으며 바깥쪽에는 하코네와 후지를 합친 넓은 전망으로 이름이 높다. 예로부터 온천욕장으로 유명하며 관광지로 많은 사람이 찾고 있다고 한다. 화산으로 구운 새까맣게 그을린 달걀구이가 퍽이나 인상적이었다. 시장이 반찬이라고 남편과 딸은 검정 숯을 만지듯 신기해하며 촉각을 세우고 있었다.

로프웨이를 타고 하코네 마치항에 도착해 전망 좋은 레스토랑에서 커피한잔의 여유를 누리다니. 아시노코 호수를 바라보는 풍경은 마음을 한없이 센치하게 만들었다. 먼발치 보이는 후지 산이 가슴에 들어오면서 불현 듯 홋카이도를 배경으로 탄생한 이와이 순지 감독의 명대사를 남긴 '러브레터' 영화 한 장면이 떠올랐다. 주인공은 떠난 애인을 그리워하며 산을 향하여 "오겡기데스까(잘 지내나요)"를 애절하게 부르짖는다. 그 모습이 어찌나 아리던지 지금도 눈에 선하다. 어느새 나의 감성도 "와다시와 겡기데스(나는 잘 있답니다)"를 외치고 있었다.

얼마만의 여행인지 이대로 저 풍광을 바라보다 잠들어도 좋을 만큼 마음이 뜨겁다. 혼자가 아닌 함께 떠난 여행이라 외롭진 않았다. 그러나 채워지지 않는 공허는 수없는 세월의 습관 같은 것이었다. 이미 혼자인 채 너무 많은 시간을 떠난 탓에 함께 라는 것이 조금은 부담으로 작용했다. 고독한 자유를 누리고 싶은 갈망이 진하게 여운으로 남는다. 다음엔 누굴 위해서가 아니라, 함께여서 행복한 것이 아니라, 나 혼자여도 행복할 수 있는 그런 여행을 하고 싶다.

크루즈에 몸을 싣고 창밖의 호수를 한없이 바라보았다. 미풍은 겨울 바람이라기보다 시원하고 청량했다. 선상 밖 위층으로 올라가 심호흡을 했다. 가슴이 뚫리고 답답했던 것들이 녹아내리는 기분은 잠시 울컥하며 자신을 돌아보게 되었다. 참 많이도 힘들었고 많이 아팠다. 이제는 조금씩 건강이 회복되어 자연과 함께 할 수 있다는 것이 그저 감동이다. 그 여운을 뒤로 하고 굴곡이 험한 첩첩산골을 지나 텐잔이라는 온천 마을에 도착했다. 따끈한 물에 여독을 풀고 그렇게 노천탕에서의 자유는 시작되었다. 온천이 처음이었던 딸은 마냥 신기해했다. 원초적인 모습으로 이동하는 동작 하나하나가 낯선지 수줍은 듯 진땀을 흘리면서도 물속에서 나올 기미를 보이지 않았다. 하코네의 하루는 그렇게 저물어 갔고 노곤해진 몸과 마음을 이끌고 동경의 밤을 향한 열차에 몸을 실었다.

다음날 도쿄동에 갔을 때 애니메이션에 나오는 인물들을 코스프레한 십대들의 모습을 여기저기서 볼 수 있었다. 매우 인상적이었고 신선한 충격으로 다가왔다. 이케부쿠로에는 애니메이트 빌딩이 큰 규모로 거리에 솟아 있었고 십대들의 꿈과 이상의 세계를 펼쳐내는 곳이었다. 딸이 사고자 하는 물품들을 구매하기 위해서 약간의 언어 소통이 필요했다. 늦게 얻은 딸이라 엄마를 세대차이 난다고 무시하던 딸은 그곳에서만큼은 엄마를 대접해 주었고 구매욕을 달래고 있었다. 체력의 한계를 느낄 즈음 끼니 타임도 놓쳤다. 뒤늦은 점심은 식욕보다 갈증과 피로감이 쌓여 낮술이 더 강하게 당겼다. 어찌나 시원하던지 단숨에 들이키며 이대로 주저앉고 싶었다.

"역시 이제 우리는 늙었나봐!" 이 한마디의 함축된 언어 속에 서로를 위로했다. 그리고 뒤늦게 얻은 딸에 대한 미안함과 버거움이 한꺼번에 밀려왔다. 이케부쿠로는 동요하기 힘든 거리였지만 활력과 생동감에 전율이 움틀 거렸다. 삼일을 꼬박 강행군으로 일본의 풍경을 스케치했다.

한국으로 돌아오는 저녁 비행기에 지친 몸을 실었다. 천근만근이던 몸은 어느새 피로감이 몰려오면서 이전의 생활로 돌아가려는 나태함을 강하게 쏟아냈다. 건강하지 못하다는 이유로 딸이 그렇게 원하던 것을 기피하고 이제야 다녀올 수 있었다. 마음 한 구석엔 미안함으로 가득 찼다. 짧은 일정에도 불구하고 빡빡하게 짜여 진 스케줄은 여유로움이 없어 못내 아쉬웠다.

힘든 여행이었지만 내게 생기를 불어 넣었고 불을 지펴 기쁨이라는 이름으로 가슴에 차올랐다. 이렇게 떠나면 되는 것을. 또 다른 시간을 향하여 어느새 나는 하늘을 날고 있었다.

작은 거인을 만나는 시간 속으로

고속터미널을 향하여 발걸음이 분주하다.

"스텔라! 나 때문에 시간낭비 하지 말고 내가 서울로 올라가겠습니다."

전라도 광주행을 결정해 놓고 미처 찾아뵙기도 전에 본인께서 일정을 비워 만나 주시겠다고 연락이 왔다. 한국을 너무나 사랑하고 숭늉과 커피를 좋아해서 노숭피라는 이름을 본인이 직접 지었는데 본명보다 더 정감이 가고 많이 알려진 이름이다.

뿌연 안개를 헤치듯 떠오르는 그날을 회상한다. 아주 긴 공백을 깨고 설렘으로 지하철에 몸을 실었다. 지하철 속에서 잠깐의 스침으로 누군가 내 마음을 사로잡았다. 30년이란 긴 세월이 지났음에도 그 기억은 가슴 깊게 머문다.

로베르토 노숭피 신부님은 나를 향해 다가왔다. 외국인 특유의 제스처와 한 눈을 찡긋하던 그 모습 인연을 잇는 만남이 시작되었다. 처음 만난 사람끼리 무슨 할 말이 그렇게 많았을까. 수다 삼매경에 빠져 순환선은 목적지를 지나쳐 버렸고 그래도 마냥 웃음을 삼켰다. 그렇게 뱅글 돌다가 급정거 하는 통에 선반위에 놓인 가방이 낙하하려던 찰나 재빠르게 점프해서 손아귀에 잡아챘다.

"오우! 순발력이 대단해요" 감탄을 연발하며 운동선수였냐는 질문에 어깨를 들썩이며 나는 폼을 쟀다. 그렇게 지하철 여행은 시간가는 줄 모르고 두 사람에게 체온보다 높은 온기로 데워졌다. 순환선에 몸을 실었던 그 시절의 지하철은 수십 년의 시간이 흐른 만큼 형형색색의 노선으로 그물처럼 수를 놓고 세월의 흔적을 말해 주었다. 그리고 다시 지하철에 몸을 실었을 때 한 노인과 육십을 바라보는 여인은 두 손을 포갠 채 경로석에 앉아 세월을 이야기 하고 있었다. 노인의 사라진 기억을 공급하기 위해 도움이 되는 것을 미리 보냈다. 다행히 기억은 허공으로만 떠돌지 않았다.

"스텔라! 결혼식 주례사진을 미리 보내줘서 고마워요."

기억이 가물거리는 나이가 된 늙음은 생의 아름다움을 찬미하고 있었다. 1세기 가까이 살아온 그 작은 거인은 이렇게 말한다.

"사랑하는 것도 중요하지만 사랑받는 것도 중요하다. 자기 자신을 사랑하지 않는 사람은 남을 사랑할 수 없다. 이 세상에서 가장 아름다운 사람은 바로, 자기 자신이다."

인생은 아름답다고 서슴없이 말하는 그분은 과연, 무엇이 그 가슴에 가득 채워졌을까. 비워내도 다시 채워지는 비법은 어디에 있을까.

"가진 거 없어도 나는 부자다!"라며 엷은 미소와 함께 품어내는 그분의 소박함은 세월 탓일까. 작은 거인의 동공에서 흐르는 빛은 다가올 생의 마감을 여유로움으로 비추어 냈다.

바람이 지나간 자리처럼 언젠가 형체 없이 사라질 그분의 마지막 인사를 마음의 스크린에 새겼다.

그리고 다시 지하철여행은 시작되겠지.

우리들의 시간

김수경
s-cytherea@hanmail.net

처음이다. 결혼 후 가족 단위, 혹은 아이 동반 없는 여행은.

우여곡절 끝에 고등학교 때부터 함께 했던 우리 여섯만 1박 2일로 여행을 가게 되었다. 해외를 가는 것도, 제주도를 가는 것도 아니다. 그저 자동차로 2시간 조금 더 가는 단양이지만 장소는 중요하지 않다. 나 하나만 챙기던 예전의 나로 돌아가 친구들끼리 하루를 보낼 수 있다는 데 의의가 있는 것이다. 그런 점에서 우린 모두 들떠 있었다.

단양은 6명이 사는 곳의 중간지점이다. 대구의 셋은 자동차로, 나머지 셋은 열차로 갔다. 구리에 사는 친구와 나는 청량리에서 만나 열차를 같이 타고 나머지 한 명은 가는 중에 열차에서 합류했다. 단출한 가방하나만 챙겨 어디론가 간다는 사실이 날 설레게 했다. 우리가 열차에서 내릴 때쯤 친구들 차는 역 근처에 다다랐고 기가 막힌 타이밍으로 다 같이 차로 이동할 수 있었다.

숙소에서 짐을 풀고 산책을 나섰다. 리조트에서 조금 내려와 '구경시장'이라는 재래시장을 갔는데 단양이 마늘로 유명한 만큼 입구부터 마늘이 즐비했다. 통마늘부터 마늘통닭, 마늘만두 등 모든 음식엔 마늘이 들어가 있었다. 사실 마늘맛과 향을 좋아하진 않았으나 맛본 만두와 고로케가 꽤 맛이 있었다.

시장에서 나와 단양 강변을 따라 나 있는 '장미터널'이라는 산책로를 따라 걸었다. 그 곳은 긴 터널을 이루며 만 그루가 넘는 장미가 심어져 있는 곳이다. 이미 봄을 훌쩍 넘긴 시점이라 꽃들은 만개를 넘어 살짝 시들어가고 있었지만 장미를 비롯해 각종 이름 없는 꽃들이 색색으로 즐비한 길가는 파란 하늘색과 예쁘게 조화를 이루고 있었다. 강 너머에서부터 시작된, 패러글라이딩을 즐기는 사람들은 흥분에 들떠 목청껏 소리들을 내질렀는데 이는 지나는 사람들의 발걸음을 멈추게 했고 보는 이들의 마음까지 흥분으로 물들였다. 살짝 습한 바람이 불었지만 푸른 나무, 맑은 하늘은 마음을 편안하고 여유롭게 만들어 주었다. 긴 산책로를 느긋하게 걷다가 전망대에서 강을 보며 쉬기도 한 시간은 힐링 그 자체였다.

근처 식당에서 저녁을 먹고 분위기 좋다는 카페를 찾아 들어갔다. 2, 3층은 숙소로 이용하는 카페였는데 무엇보다 옥상에 만들어진 카페 인테리어가 독특해서 시선을 끌었다. 캐노피를 연상하는 예쁜 커튼이 드리워진 테이블도 있고 아일랜드 식탁에 와인바처럼 꾸민 테이블도 있었다. 확 트인 전망과 저물어가는 노을. 가슴 저 안에서부터 뭉클한 뭔가가 퍼져 나왔다. 다양하게 시킨 음료는 하나같이 맛이 없었지만 붉은 노을을 따라 서서히 어두워져가는 하늘을 보고 있자니 살짝 눈물이 날 것도 같은, 낭만적인 기분에 취해 음료의 맛 따위는 의미가 없었던 시간이었던 것 같다.

간단히 장을 본 우리는 숙소로 들어갔다. 씻고 테이블에 둘러앉으니 정말로 예전으로 돌아간 기분이었다. 고등학교 겨울방학 때 당일로 부산 태종대에 다녀왔던 이야기이며 대학생 시절 2박3일로 경주 감포로 갔을 때 바다에서 놀다가 갑자기 쏟아진 비에 쫄딱 젖어 돌아와 방에서 밤새 고스톱 친 이야기 등. 케케묵은 옛날이야기들을 엄청나게 쏟아냈다. 20년이라는 긴 시간이 지났음에도 불구하고 아직도 꺼내는 이야기들. 그것도 모자라 여전히 박장대소 하는 우리들이 스스로도 신기할 지경이었다. 그건 아마 이야기자체의 재미라기보다는, 공유하는 추억에서 오는 서로간의 끈끈함이라고 해야 맞을 듯하다.

거의 잠을 자지 않은 밤을 보내고 다음 날 일어나 간단히 아침을 먹고 길을 나섰다. 단양의 명소라 하는 청련암. 조용하고 아늑함이 느껴지는 아담한 사찰이었다. 전체적으로 소박했지만 단아한 자태가 눈길을 끌었다. 아직 휴가철이 아니라 그런지 여행객들도 비교적 적었고 삼삼오오 모여 조용히 주변을 둘러보는 모습들이었다. 안으로 들어가 뒤쪽으로 보니 가파른 돌계단이 있었다. 눈으로만 볼까 하다가 친구들과 함께 올랐는데 생각보다 계단이 너무 높아 숨이 차고 힘들었다. 다리를 후들거리며 겨우겨우 힘겹게 오른 돌계단 위에는 암자가 있었다. '삼성각'이라는 작은 암자. 녹음으로 둘러싸여, 목탁 소리와 불경외우는 듯한 소리가 조용히 들리는 곳. 소박하고 아늑한 모습이었다.

가만가만 발걸음을 옮겨 저 멀리 아래를 내려다보자니 넓어지는 시야만큼 내 마음도 커지는 것 같았다. 종교적인 차원을 떠나, 그 자체로 마음이 정화되는 기분. 힘들어하며 삼성각에 이르렀지만 올라가길 잘했다는 생각을 했다.

청련암 앞에는 단양팔경 중 하나인 사인암이 있다. 높이 50미터가 넘는다는, 깎아지른 듯한 기암절벽. 깊지 않은 계곡물이 있어 여름철에 물놀이 하러 피서객들이 많이 온다고들 하는데 내가 간 6월 초가 대한민국 전체가 가뭄과 싸우고 있을 때라 물놀이는 실감이 가지 않았지만 맑고 깨끗하다는 건 알 수 있었다. 이곳저곳을 둘러보고 우린 그 곳에서 사람들이 꼭 한번 지난다는 흔들다리를 건너며 사진을 찍었다. 여러 각도에서 찍었지만 이쪽저쪽 사람들이 무리끼리 장난치며 일부러 흔들어대는 바람에, 거기서 찍은 사진은 한 장도 남길 게 없었던 기억이 난다.

점심을 먹고 차를 마신 오후 3시는, 우리가 헤어져야 할 시간이었다.

또 만나고 함께 여행을 가겠지만 인사는 항상 다시 못 볼 사이들이다. 살아가면서 여러 무리의 사람들을 만나고 다양한 사람들을 사귀지만 아직은 우리 관계를 넘어 설 인연은 없는 것 같다. 여고생들이 만나 싸우고 지지고 볶으면서 같이 자랐고 대소사를 겪으며 같이 보낸 시간이 20년이 넘었다. 이젠 각자 가정을 이루어 살지만 알아 온 시간이 긴 만큼 서로가 나눌 것들이 많아서일까. 그냥 좋다. 생각하면 그냥. 1박을 함께 했지만 여전히 밀린 얘기들은 많다.

다 쏟아내지 못하고 우린 또 다음을 기약한다. 다음에도 끝없이 이야기들을 하겠지만 역시나 다 쏟지 못하고 헤어지겠지. 그리고는 아마 그 다음을 또 기약할 것이다. 쏟아낸 얘기 중엔, 혹은 쏟아내지 못한 얘기 중엔 좋고 축하할 얘기들도 있지만 속상하고 안타까운 얘기들도 있다. 하지만 숨기거나 애써 포장하지 않는다. 우리 모두는 각자의 위치에서 열심히 살고 있고 그것만큼은 서로가 잘 알기 때문에 굳이 덧붙이지 않아도 이해받고 위로 받을 수 있기 때문이다. 그래서 생각하면 그냥 좋고 부담 없이 다음을 기약할 수 있는 것 같다.

1박. 짧다면 짧은 시간. 조금은 아쉬운 마음이 있지만 내 가슴엔 또 하나의 추억이고 마음의 재산이 되는 시간이었다. 떠날 때와는 또 다른 설렘을 가지고 집으로 향한다. 조금은 아쉬운 이 시간도 시간이 지나면 추억의 일부분이 될 것이고 먼 훗날, '재산' 같은 우리들의 시간으로 남을 것이기에.

지금처럼

매년 12월 첫 주 주말은 친정이 김장김치를 하는 날이자, 아빠 생신 파티를 하는 날이다. 몇 년 전 언젠가부터 친정 김장김치 하는 날은 외가 친척들이 다같이 모인다. 음력날짜를 따져보면 생신도 늘 그때쯤이라 김장 때 다같이 모인 김에 생신파티까지 같이 하게 되었다. 원래 모이는 걸 좋아들 하시고 아빠 생신까지 있다 보니 나름 중요한 연중행사가 되었다.

외삼촌네는 식성이 다르셔서 같이 모여 식사만 하시고 담근 김치는 이모네와 나눈다.

일은 상당히 많다. 요즘은 옛날만큼 김치를 많이 먹지 않는다고 하지만 두 집의 김장김치를 한다는 건 보통 일이 아니다. 더구나 언니와 내가 결혼을 하고 사촌 중에도 결혼한 동생이 생기고는 아들네, 딸네 몫까지 챙겨서 하다 보니 김장은 연중에 가장 큰 일이 되었다.

7, 80포기 배추를 절이고 고추며 마늘, 액젓 등 갖가지 재료를 넣어 양념을 준비하는 것은 보통 엄마의 몫이다. 연세도 있으신데 동생, 딸, 조카 등 다 같이 나눠 먹을 양을 준비하신다는 건 사실 힘든 일이다. 하지만 다들 모여서 어울리는게 즐겁다고 하신다. 그래도 건강하니 할 수

있는 거라며 기뻐하신다. 다행히 아직은 힘든 줄 모르겠다 하시니 그저 감사할 따름이다. 언니를 제외하곤 이모네도, 우리도 멀리 사니 시작할 수 있게 준비하는 건 엄마 지휘아래 아빠가 많이 하신다. 통도 나르시고 필요한 것도 사오시고.

정오를 넘길 때쯤, 모인 사람들끼리 김치 양념을 시작한다. 거실에 널찍한 김장매트를 깔고 다같이 둘러앉아 작업을 시작한다. 만반의 준비를 했다고 생각하고 시작하지만 막상 시작하면 빠진 게 있어 찾으러 왔다갔다 거리는 사람도 있고 다시 마트를 가야할 상황도 생겨 주변은 엉망이 되어간다. 하지만 주변이 엉망이 되어갈수록 분위기는 무르익는다. 이런저런 얘기들을 하며 웃고 떠들다보면 수 십 개의 김치통은 산을 이루게 되는 것이다.

그런 사람들 소리를 아빠는 참 좋아하신다. 식구가 많았음에도 불구하고 가족애를 크게 느끼지 못하고 자라셔서인지 사람들이 집에 와서 왁자지껄 떠들고 어울리시는 걸 무척이나 좋아하신다. 손이 야무지지 못하단 이유로, 김치버무리기 일선에선 밀리시고 뒤에서 더 필요한 게 없나를 항상 살피는 아빠. 흐뭇한 얼굴로 항상 바라보고 계신다. 그런데 김치를 거의 끝내갈 무렵, 아빠가 보이시지 않으셨다. 잠시 또 뭘 사러 나가셨나 싶었는데 다 치울 때까지도 보이시지 않아 찾아보니 방에 누워계신 것이었다.

얼굴색이 너무 좋지 않으셨다. 어디 불편하시냐고 물어도 괜찮다고만 하실 뿐 별다른 말씀이 없으셨다. 하지만 전혀 괜찮아 보이는 얼굴이 아니라서 몇 번이나 여쭤보니 마트 다녀오시다가 허리를 삐끗하셨다 하셨다. 얘기하면 다들 걱정하실까봐 조용히 누워계신다고. 가만히 있으면 안 아프니 주말 지나 한의원 가서 침 좀 맞으면 괜찮으실 거라고.

하지만 얼마나 불편하면 친척들이 다 모여 계신데 혼자 방에 누워계실까 싶어 걱정이 되었다. 병원에 가보자 하니 주말이라 응급실밖에 없는데 허리 삐끗한 일로 응급실을 갈 건 아니라는 말씀에 나 역시 월요일에 병원 꼭 가시란 말만 하고 쉬게 해드렸다.

저녁이 되어 모두 생신 상에 둘러앉아 축하도 하고 식사도 하며 여유로운 시간을 보냈다. 아빠도 낮보다는 얼굴이 좋아 보이시기에 좀 나아지셨나보다 생각하고 그날 밤을 보냈다. 그렇게 하루가 지났고 일욜 오후가 되어 다들 각자의 집으로 돌아갔다. 나 역시 서울로 돌아왔다. 좀 괜찮아지셨다 하더라도 병원 꼭 가보시란 말씀만 드리고.

사실 괜찮으실 줄 알았다. 갑자기 허리를 일으키면 근육이 놀래서 아프기도 하니까. 하지만 내 생각과는 달리, 월요일에 전화로 들은 소식은 아빠가 입원하셨다는 거였다. 뼈가 부러졌다는 충격적인 얘기였다. 연세가 있으시니 작은 충격에도 그럴 수 있다고는 하지만 사실 아직은 건강하신 모습들만 봤는데 잠깐 삐끗한 허리로 뼈가 부러져서 입원하셨단 얘긴 실로 충격이었다.

움직이면 안 좋으니까 입원을 한 거라고 너무 걱정하지 말라고 하는데 걱정이 안 될 리가 없었다. 사실 나이가 들면서 친구들 부모님이나 주변 어르신들이 몸이 안 좋아지시는 걸 보긴 했으나 내 엄마는, 내 아빠는 항상 건강한 그 모습이실 거라는 생각을 나도 모르게 했었나 보다. 정말 말도 안 되는 생각이긴 하지만 무의식중에 난 그런 생각을 했었나 보았다.

뼈가 부러질 정도면 고통이 어마어마하셨을 텐데 식사자리에 앉으셔서 아무렇지도 않은 척 하시느라 얼마나 힘드셨을까 생각하니 너무 속상하고 마음이 아팠다.

가끔 외삼촌이 지나가듯 하시는 말씀이 생각났다.

"엄마, 아버지가 평생 건강하실 수 있는 게 아니다. 건강하실 때 잘해드려. 같이 많이 다니고. 더 나이 들고 몸 불편하면 뭐든 힘들어진다."

그때도 맞는 말씀이라고 생각은 했지만 지금 내 마음에 와 닿는 이 기분은 아니었다. 연세가 많아지면 뼈가 약해져서 더디 붙는다는데 계속 안 좋으시면 어떻게 하지, 계속 누워계시다가 다른 데도 불편해지시면 어떻게 하지 등 앞선 걱정들이 이어진다. 입원해서 치료 좀 받으시면 괜찮아지실 거라고 걱정하지 말라고 하지만 걱정이 되는 건 어쩔 수 없다. 그러기를 3주. 다행히 많이 좋아지셨고 퇴원을 하셨다. 하지만 아직은 다니시기에 힘들고 계속 조심해야 한단다. 뼈가 이미 약해져 있으시니 앞으론 무거운 건 당연히 들면 안 되고 갑자기 일어나거나 움직임을 크게 해서도 안 된단다.

속상하지만 그래도 크게 움직이지만 않으면 시간이 지나면서 차츰 나아지신다 하니 얼마나 다행인가 싶기도 하다. 허리 삐끗한 일로 이렇게 맘이 쓰이는데 부모님이 많이 아프셔서 병상에 계신 사람들은 얼마나 힘들까 생각해보게 된다. 만약 우리 부모님도 몸의 다른 곳이 크게 아프시다면?!

아, 너무 맘이 아프고 힘들 것 같다. 사람이 나이가 들면 쇠약해지는 건 당연한 일인데 생각조차 하기가 싫어진다. 그저 건강하시길 바라지만 건강에 있어선 그 누구도 큰소리를 칠 수 없는 법. 내 부모님도 예외는 아닐 것이다. 그걸 인정하고 잘해야겠다는 생각이 든다.

마음이 급해진다. 효도는 미루는 게 아니란 말. 그 말이 너무너무 와 닿는다. 전화도 더 자주, 찾아뵙는 것도 더 자주 해야겠다. 자식, 손자, 손녀 떠드는 소리에 행복해하시는 아빠에게 더 자주 그런 모습을 보여야겠단 생각이 든다.

오솔길의 비밀

박춘란
synsun2194@hanmail.net

온 나라가 메르스로 떠들썩한데 우리 다섯 명은 강릉으로 여행을 가기로 했다. 매일 티비에 메르스가 나올 때까지 메르스가 어떤 병인지를 몰랐는데 아마 나 뿐만 아니라 대부분의 국민들은 몰랐을 것이다. 심지어 정부당국도 그 질병에 대해 아는 바가 없어 방심하는 사이 환자 수는 계속 늘어가고 온 국민이 겁에 질려 떨게 되었고 급기야 대통령이 외국순방도 연기할 정도였으니 말해 무엇하랴!

정말 이러다가 많은 사람들이 죽는 게 아닌가 내심 속으로 떨면서 꼼짝도 하지 않고 집에만 틀어 박혀 지냈다. 손자들은 어린이집도 가지 못하고 집에만 있자니 갑갑증이 나서 어쩔 줄을 몰라 했고 애들을 보는 며느리와 딸도 힘들어하긴 마찬가지였다. 이런 상황에서 먼 거리 여행을 간다는 것은 무리였지만 우리일행은 최종적으로 가기로 결정했다. 그 이유는 년 초에 마음에 맞는 고교동창 다섯 명과 모임을 갖기로 하고 처음으로 가는 여행이었기 때문이다. 물론 처음에는 가느냐마느냐 의견이 분분했지만 이런저런 이유로 가기로 한 결정을 번복하면 다음에 또 그럴 수 있다고 의견이 모아져 걱정하는 마음을 안고 출발했다.

강릉은 내겐 아련한 꿈의 고향과도 같다. 조각조각 남아있는 추억들이 가끔 퍼뜩 떠올라 마음을 따뜻하게 하는 곳이다. 언제나 아련한 유년기 시절처럼 마음의 고향으로 남아 있다. 부모님의 고향이기도 해서 어릴 적 여름방학이면 차멀미를 하면서 지금도 오지에 속하는 왕산면 외할머니 댁에 갔다. 당시에는 강릉 가는 길이 울퉁불퉁한 비포장도로였는데 춘천에서 잠도 설친 채 새벽에 버스를 타면 점심때쯤 대화라는 곳에 도착한다. 여기서 잠시 쉬는데 시골아낙들이 옥수수를 쪄서 머리에 이고 와서 파는데 사람들이 그것을 사 먹곤 했다. 찐 옥수수를 보면 문득 그때 생각이 한 장의 빛바랜 조각으로 떠오르기도 한다. 나는 차멀미를 하느라 아무것도 먹지 못하고 고생고생하면서 대관령고개를 굽이굽이 돌아 외할머니 댁에 갔다. 냉장고가 없던 시절 산골짜기에서 내려오는 시원한 냇물에 직접 농사지은 수박과 참외를 담그었다 꺼내 먹으면서 외할머니 곁에서 모깃불을 피워놓고 옛날얘기를 듣곤 했다.

그 후 상급학교에 올라가게 되면서 가는 횟수가 줄어들고 결혼을 하고 몇 십 년을 가지 못하다가 10여 년 전부터 다시 강릉을 자주 가게 된다. 시원하게 뚫린 고속도로는 차멀미는커녕 기분이 상쾌하였고 힐링이 되는 기분이다. 아침 일찍 버스를 타고 강릉으로 향했는데 도착하니 강릉에 사는 친구가 차를 가지고 마중을 나와 경포대 둘레 길을 걸었다. 경포대는 여러 번 갔지만 경포호 둘레 길을 걸어보기는 이번이 처음이다. "어머 경포호에 이런 곳이 있었네!" 놀라워하면서 걷는 재미가 제법 좋다. 노래잘하는 친구들은 화음을 넣으면서 학창시절의 노래를 부른다. 날씨는 스산했으나 조용한 산책로는 두런두런 얘기하면서 걷기에 좋다. 바닷바람은 시원하였고 파도는 마음까지 뻥 뚫리는 기분이다. 배가 떠있는 먼 수평선을 바라보니 며칠간 긴장했던 몸의 세포가 하나하나 살아나는 기분이다. 즐겁고 유쾌하게 하루를 보내면서 오길 잘했다는 생각이 든다. 친구들 세 명은 서울로 저녁 늦게 출발하였고 나는 친구 집에 하루 머물며 모처럼 오붓하게 시간을 보냈다.

교직생활을 하면서 오로지 나 자신에게 집중하느라 사람들과 만나는 기회가 적었다. 사회에서 만난 사람들은 어딘지 조심스러운데 학교친구들은 몇 십 년을 만나지 못했어도 어제 만난 듯 어색하지 않아 좋다. 나이 들어 만나도 학창시절 모습으로 보여 스스럼이 없다. 마음에 맞는 친구들과 노후에 좋은 시간을 보낼 수 있어 감사한 마음이다. 가즈오 이시구로는 그의 소설에서 "당신은 하루의 일을 끝냈어요. 이제는 다리를 쭉 뻗고 즐길 수 있어요. 하루 중 가장 좋은 때가 저녁"이라고 했다. 비슷한 생각을 가진 친구들과 저녁의 여유로움과 한가함을 즐길 때가되었다. 아주 오래전 들은 말이 떠오른다. 우정은 오솔길과 같다고. 자주 다니면 그 오솔길은 정감 있는 길이 되지만 그렇지 않으면 오솔길은 금세 잡풀로 뒤덮인다고. 우정은 순식간에 생겨나는 게 아니기 때문이리라! 저녁 한때 친구들과 오랫동안 오솔길을 걷고 싶다. 웃고 도란도란 얘기하면서…….

일개미

"지금 어디야? 아직 회사라고? 그럼 몇 시에 올 건데?"

딸의 짜증 섞인 목소리가 들려 깨어보니 시계는 새벽 1시를 가리키고 있었다. 아직 사위가 집에 오지 않은 것이다. 잠이 달아나면서 슬그머니 화가 치민다.

"상황이 어떤지 모르지만 참 회사도 너무 한다."고 투덜거린다.

"언제까지 체력적으로 버틸 수 있을까?"

벌써 몇 달째 거의 같은 시간에 오니 이젠 건강을 해칠까 걱정이 되는 상황이 되었다. 심지어는 토요일에도 출근할 때가 많아 쉬는 시간이 절대적으로 부족하다. 외손녀를 봐주려고 딸의 집에서 지낸지 거의 1년이 되어 가는데 사위는 늘 회사일로 바빠 얼굴도 보지 못하고 지내는 날이 많다. 젊었을 때는 들어 올 사람이 안 오면, 잠이 오지 않아 올 때까지 현관문을 들락거리며 기다렸다. 그러나 이젠 체력이 딸려 그럴 수도 없으니 얼굴보기가 쉽지 않은 상황이다. 사위는 새벽 6시 반쯤 출근하는데 퇴근시간은 정해진 게 없어 빨리 와야 10시쯤이다. 자유 출근제라고 하지만 우리 기업문화가 퇴근을 칼같이 하는 곳이 거의 없으니

빛 좋은 개살구다. 한국의 기업 대다수는 정도의 차이는 있어도 분위기가 비슷한 것 같다. 아침 8시부터 근무를 하니 꼭두새벽에 집을 나선다. 대학원을 마치고 아들이 대기업에 연구원으로 취직을 했을 때 기쁘고 감사했다. 그러나 매일 아침 6시에 출근을 한다고 했을 때 마음이 아파 따로 살아도 괜스레 일찍 일어나 뭐라도 해야 할 것 같아 잠도 설치면서 서성이기도 했다.

한창 고도성장을 할 때 산업전선에서 밤낮 없이 기계처럼 일만 하던 그런 시기가 있었지만 나는 운 좋게도? 그런 현장에서 비켜 있어 피부에 와 닿지 않은 것도 사실이다. 그저 '참 힘들겠구나.' 또는 덕분에 한국이 잘 살게 되었으니 고맙구나!' 그러면서 살았다. 경제가 눈부시게 발전을 한 그 뒤에는 너무나도 수고하고 애쓴 사람들이 많았다는 것을 이제 와서야 절절하게 깨닫는다. 직접 경험을 하지 않으면 도저히 그 느낌을 알 수 없다는 것을 내 자식들이 고생하고 있는 것을 보고 느끼고 있으니 늦어도 참 많이 늦게 깨닫는다. 청년들은 취직을 하기위해 고시원에서 쪽잠을 자면서 몇 년씩 시간과 노력을 투자하는 것을 마다하지 않는다. 특별한 재주도 없으니 먹고 사는 것이 기본적으로 보장되는 공시 생이 된다. 고생 고생해서 운 좋게 취업을 해도 이런 저런 이유로 오래 버티지 못하고 그만 두는 사람들도 많다고 한다. 그저 안타까울 뿐이다. 아이러니컬하다는 느낌도 받는다. 고생해서 취직하고 얼마 지나지 않아 저마다 이유야 다르겠지만 직장을 그만 둔다면 자괴감과 허망함이 얼마나 클까? KBS의 '명견만리' 프로그램에서 급변하는 미래에 대한 획기적인 의견들을 제시하는 데 판에 박힌 직업대신 자기가 잘 할 수 있는 것을 꾸준히 하다보면 그 분야에서 성공할 수 있다면서 성공 사례도 들려준다. 머리로는 이상적이고 바람직한 말이라고 공감을 하면서도 전폭적으로 지지 할 수 없는 것은 왜 일까? 현실적으로 먹고 살기 바쁜 보통의 사람들이 경제적으로 버티면서 몇%의 그룹에 들어가고 성공하는 것이 얼마나 어려운가? 학력은 업그레드 되어 너도 나도 대학을 가는 시대가 되었고 그 그룹에 들어가지 못하면 낙오된 사람 취급을 하는 우리 사회에서 그것을 뿌리칠 수 있는 용기 있는 사람들이 얼마나 될까? 그러니 대학에서 공부한 것과는 상관없이 공무원시험에 매달려 시간을 보낸다. 그들의 소망은 미래보장이란 연금에 매달릴 수밖에 없다. 남과 다른 삶을 살려면 용기가 필요하다는 것을 알고 있지만 실천하기란 쉽지 않다. 언제쯤 우리도 선진국처럼 평범한 사람들이 자기 일 열심히 하면서 휴가를 여유 있게 즐기며 살 수 있는 날이 올까?

어릴 적 학교 다닐 때 책상 앞에 '하면 된다!'는 문구를 당당하게 부쳐놓고 노력하면 불가능이 없는 것으로 믿었다. 마치 마음먹으면 무엇이던지 이룰 수 있다는 듯 확신을 갖고 말이다. 세상에는 분명히 불가능이 존재한다는 사실을 깨지고 넘어지고 나서야 비로소 깨닫게 되는 것은 분명 교육의 불성실 때문이다. 우리 사회가 보다 취업문이 넓어진다면 모든 사람들의 노력이 헛되지 않고 '하면 되는' 사회가 곧 오리라.

각 나라마다 다음 세대 먹을거리를 찾고 있는 요즈음 혜안을 갖고 잘 할 수 있는 분야에 도전해 볼 용기가 필요한 것 같다. 손자세대에는 어떤 직업이 생겨날까? 우리 손자들은 어떤 일을 하면서 자기의 꿈을 펼칠까? 기대를 하면서 손자들이 자라나는 모습을 호기심으로 지켜본다.

미래수필문학회 · 15
내 인생의 *빨강*

초판 인쇄 2018년 3월 06일
초판 발행 2018년 3월 13일

지은이 문장옥 외
펴낸이 노용제
펴낸곳 정은출판

주 소 04558 서울시 중구 창경궁로 1길 29 (3F)
전 화 02-2272-8807, 9280
팩 스 02-2277-1350
출판등록 제2-4053호(2004. 10. 27)
이메일 rossjw@hanmail.net

ISBN 978-89-5824-359-5(03810)
값 12,000원